엘레나 페란테

글쓰기의
고통과 즐거움

엘레나 페란테

글쓰기의
고통과 즐거움

엘레나 페란테 지음

김지우 옮김

한길사

"저에게 글쓰기는
우아하고 철저하게 계산해서
움직이는 행동이 아니라
충동적인 행위입니다."
– 엘레나 페란테

일러두기

- 이 책은 이탈리아에서 발간된 Elena Ferrante의 *I margini e il dettato*(Edizioni e/o, 2021)를 번역한 것이다.
- 독자의 이해를 돕기 위해 옮긴이가 각주를 넣었다.

고통과 펜

청중 여러분, 오늘 저녁 저는 여러분에게 글쓰기를 향한 열망과 제가 가장 잘 아는 두 가지 작법, 즉 순응적 글쓰기와 충동적인 글쓰기에 관해 이야기하려 합니다. 본격적인 주제로 들어가기 전에, 제가 무척이나 예뻐하는 한 여자아이에 관한 이야기를 먼저 들려드리겠습니다. 그 애의 첫 글씨 쓰기 연습에 얽힌 일화죠.

얼마 전 체칠리아가 (편의상 그렇게 부르도록 하겠습니다) 제게 자기 이름을 얼마나 잘 쓰는지 보여주고 싶다고 하더군요. 저는 프린터에서 종이를 한 장 꺼내 그 애에게 펜과 함께 가져다주었습니다. 그랬더니 체칠리아는 제게 잘 보라고 신신당부하고는 종이에 '체-칠-리-아'라고 썼습니다. 아이는 누가 쫓아오는 것도 아닌데 눈을 부릅뜨고 힘든 표정으로 초집중해서 제 이름을 한 글자 한 글자 써 내려 갔습니다.

아이가 애를 쓰며 글씨를 쓰는 모습을 보고 있노라니 재미있기도 했지만, 왠지 안쓰럽게 보이기도 해서 내내 '도와줄까? 손을 붙잡아줄까?'라고 생각하며 애를 태웠습니다. 실수라도 할까봐 걱정됐기 때문이죠.

하지만 체칠리아는 혼자 힘으로 해냈습니다. 새 하얀 종이 위에 망설임 없이 제 이름을 써 내려갔습니다. 펜을 위아래로 열심히 움직이면서, 자음과 모음을 꾹꾹 눌러 썼습니다. 어떤 글자는 크고, 어떤 글자는 작고, 어떤 글자는 중간 크기로 글씨 크기가 제멋대로였습니다. 게다가 글자와 글자 사이 간격은 또 얼마나 넓던지요.

이름을 다 쓴 후 체칠리아는 저를 바라보며 칭찬을 해달라는 투로 외쳤습니다.

"이것 보세요!"

저는 당연히 과장되게 그 애를 칭찬해주었지만, 한편으로는 마음이 불편했습니다. 왜 체칠리아가 실수할까봐 걱정이 됐을까요? 왜 그 애의 손을 잡고 도와주고 싶은 충동을 느꼈을까요? 저는 그 문제를 며칠을 붙들고 고민했습니다.

먼 옛날 저 역시 바닥에 굴러다니던 종잇조각에 체칠리아처럼 삐뚤빼뚤 글씨를 썼을 겁니다. 그 애처럼 저도 칭찬받고 싶어서, 글씨를 쓰는 데 온 힘을 집중했을 때가 있었을 겁니다.

하지만 고백건대 제겐 그런 기억이 전혀 없습니다. 글씨 쓰기에 관련된 저의 최초의 기억은 초등학교에 다닐 때 쓰던 공책입니다. 지금은 어떤지 모르지만, 그때만 해도 초등학생 아이들이 쓰는 공책에는 칸의 크기를 구분할 수 있게 검은색 가로줄이 그어져 있었습니다. 다음 그림처럼요.

Dettato

Prova a leggere in fretta queste
parole:

Questo e quello, quando e
quanto, quinci e quindi, qualche
e quale, quinto e quivi, quattro
e quarto, quercia e quiete,
quasi e quadro, quassù e

선과 선 사이의 간격은 학년에 따라 달라졌는데, 열심히 연습해서 줄 위아래로 삐죽삐죽 튀어나오던 글씨가 칸에 쏙 들어갈 정도로 작아지고 보기 좋게 둥글둥글해져야 합격점을 받았습니다. 학년이 올라갈수록, 칸을 구분하는 가로선이 점점 줄어들어, 5학년 졸업반이 될 때면 다음 그림처럼 가로선이 모두 사라졌습니다.

Geografia
I

La Terra.

La Terra è il pianeta, che noi abitiamo, ha la forma di una sfera e dista dal sole ch'è la più grande stella 150 milioni di chilometri.

Noi la rappresentiamo col globo dove sono segnati l'asse, l'equatore, i paralleli ed i meridiani.

L'asse è la linea immaginaria intorno a cui gira la Terra. Le estremità dell'asse che stà in alto si chiama polo nord. L'estremità dell'asse, che stà in basso si chiama polo sud.

L'equatore è quel circolo massimo, che passando per il centro della Terra la divide in due parti, cioè emisfero nord ed emisfero sud. I meridiani sono circoli massimi che passando per i poli divide la Terra in due parti, cioè emisfero orientale ed emisfero occidentale.

I paralleli sono circoli minori, e paralleli all'equatore che si impiccioliscono a mano, a mano che si avvicina no ai poli.

여섯 살에 입학해서 초등학교 5학년이면 열 살이 됩니다. 그쯤이면 어른들도 아이가 이제 다 컸다고 생각할 나이죠. 무엇보다 글씨를 단정하게 쓸 수 있게 되었으니까요.

그렇다면 단정한 글씨들은 어디로 이어질까요? 하얀 공책에는 검은색 가로선뿐 아니라 빨간색 선이 세로로 공책 양옆 가장자리에 그어져 있었는데, 학생들은 그 두 선 안에 글씨를 써야 했습니다. 제가 기억하기로는 (이 부분에 관한 기억은 또렷합니다) 저는 그 빨간색 경계선을 지키는 것이 정말 힘들었습니다. 세로선은 글씨가 경계를 벗어나면 혼이 난다는 경고의 의미로 일부러 빨간색으로 그어져 있었습니다.

그런데도 저는 글을 쓰다 걸핏하면 그 사실을 잊곤 했습니다. 왼쪽 경계선은 곧잘 지켰지만, 오른쪽은 거의 항상 글씨가 선을 넘어갔습니다. 긴 단어를 쓰다 보면, 중간에 적당하게 음절을 끊고 '-'로 이어준 뒤, 줄 바꿈을 하기가 쉽지 않았기 때문입니다.*

하도 지적을 받다 보니, 빨간색 선 밖의 여백을 침범하면 안 된다는 생각이 머릿속에 박혀서, 그런 공책을 사용하지 않게 된 지 수년이 지난 후에도 빨간 세로줄의 존재가 위협적으로 느껴졌습니다.

이것은 무엇을 의미할까요? 아마도 제가 체칠리아만큼 어렸을 때 선과 칸이 나뉜 공책에 쓴 글씨가 남아 있을 것입니다. 잘은 기억이 나지 않지만, 선과 여백을 잘 지키라는 가르침을 실현하려 했던 노력이 담긴 공책이 어딘가에 있을 겁니다. 처음 글씨 연습을 하면서 쏟았던 노력은, 머릿속에 드리웠던 어둠의 장막이 일순간 걷히면서 새하얀 백지나 모니터에 일련의 단어를 적어 내려가다 눈에 보이지 않던 생각이 가시화되는 순간 느끼는 자기만족 가득한 승리감의 모체가 되었을 것입니다.

처음에는 임시적이고 애매모호한 알파벳의 조합

---

* 이탈리아어에서 단어 중간에 줄이 바뀔 때는 음절과 음절 사이에 '‐' 표시를 해준다.

에 지나지 않지만, 우선 무엇이든 가시화시키는 것이 중요합니다. 그런 글은 뇌에 최초로 자극이 가해졌을 때 떠오르는 영감에 가장 가깝습니다.

하지만 그마저도 밖으로 표출되는 순간, 원래 머릿속에 떠올랐던 생각에서 멀어집니다. 이 모든 과정은 어딘지 유치한 마법처럼 느껴지는 면이 있습니다. 만약 이러한 과정을 상징하는 기호를 만든다면, 저는 체칠리아가 제게 고집스레 보여주고 싶어 했던 삐뚤빼뚤한 글씨를 사용하고 싶습니다. 체칠리아는 글씨 속에서 제가 자신을 알아봐주고, 자신을 위해 기뻐하며 잘했다고 인정해주기를 바랐습니다.

사춘기 시절 시작된 글쓰기를 향한 열망 속에는 아마도 빨간색 세로줄에 대한 두려움이 있었던 것 같습니다. 그 선을 넘고자 하는 욕망과 넘으면 안 된다는 두려움이 동시에 존재했던 것 같습니다. 빨간색 경계선을 지켜야 한다는 생각 덕분에, 저는 지금도 깔끔한 글씨체를 유지하고 있습니다. 심지어는 컴퓨터를 사용할 때도 문단이 끝날 때마다 양쪽 정렬 아이콘을 눌러 여백을 맞춥니다.

이 이야기를 확대하면, 제게 (글을 쓰면서 마주하는 수많은 어려움을 내포하는) 글쓰기는 여백을 침범하지 않고 칸에 맞추어 글씨를 썼다는 만족감과 끝내 경계선을 초월하지 못하고 그 안에 머무르고 말았다는 상실감과 허무함 모두를 의미합니다.

제 이름 넉 자를 낑낑대며 종이에 쓰는 아이 이야기에서 이탈로 스베보의 명작 『제노의 의식』*에 나오는 주인공 제노 코시니 이야기로 넘어가 보겠습니다.

---

* 이탈로 스베보의 장편소설. 은행원으로 일하면서 문학에도 관심이 많았던 이탈로 스베보는 제임스 조이스와 교우하게 되면서 그의 격려를 받으며 작품활동을 했다. 이 책은 먼저 이탈리아 볼로냐에서 출간되었으나 별 관심을 끌지 못하다가 이후 프랑스에서 출간되고부터 프랑스와 이탈리아 평단에서 격렬한 문학논쟁이 벌어졌고 이를 계기로 유명해졌다. 이후 이탈로 스베보는 심리소설을 개척한 작가라는 평가를 받았다.

소설의 주인공 제노는 글쓰기의 고충을 잘 아는 인물입니다. 제게는 제노와 체칠리아가 글을 쓰려고 애쓰는 모습이 매우 비슷해 보였습니다. 소설에서 한 문단을 살펴보죠.

점심 식사 후 연필과 종이 한 장을 손에 쥔 채 클럽 소파에 편히 드러눕는다. 머릿속에 모든 긴장을 제거한 터라 내 이마는 주름 없이 평평하다. 생각이 내게서 분리된 것 같다. 생각의 상승과 하강을 나는 지켜본다…. 하지만 생각이 행할 수 있는 유일한 움직임은 그것뿐이다. 그것이 결국 나의 생각이고, 생각의 과제는 표현되는 것이라는 것을 일깨우고자, 나는 연필을 집어든다. 그 순간 내 이마는 다시 찌푸려진다. 단어 하나하나가 수많은 글자로 구성되었고, 오만한 현재가 다시 떠올라 과거를 흐릿하게 만들기 때문이다.

작가는 종종 글을 쓰기로 마음먹은 순간부터 이

야기를 시작하곤 합니다. 어쩌면 모든 작가가 그럴 겁니다. 문학을 논할 때, 우리는 순식간에 스쳐 지나가버리는 상상 속의 '내면'을 문자화해 바깥세상으로 끄집어내는 방법에 더 관심을 기울여야 합니다. 저 역시 그러한 과정에 매력을 느끼기 때문에, 이를 묘사하는 문장을 기록하는 데 집착하는 편입니다. 특히 방금 소개한 스베보의 글은 십 대 시절 인상 깊게 읽은 부분이죠.

당시 저는 아무리 힘들고 결과물이 실망스러워도, 글쓰기를 멈추지 않았습니다. 그랬던 저이기에 이 대목을 읽는 순간, 제노 코시니라는 인물이 저와 비슷한 문제로 고민하고 있다는 사실을 알았습니다. 그가 적어도 저보다는 아는 것이 훨씬 많다는 사실도요.

스베보는 글쓰기의 시작이 연필 한 자루와 종이 한 장이라는 사실을 강조합니다. 그런 다음 놀라운 일이 벌어지는데요. 그것은 바로 글 쓰는 이의 자아가 스스로에게서 분리되어, 자기 생각을 바라보는 것입니다.

하지만 그것은 뚜렷하고 영원불변한 '생각-환상'이 아닙니다. 작가의 '생각-환상'은 상승과 하강을 반복하며 끊임없이 움직입니다. 그것은 사라지기 전에 '표시'되어야만 합니다.

이때 사용되는 동사가 '표시하다'manifestars라는 사실은 의미심장한데요. 그것은 이 행위가 '손'을 사용하는 동작이기 때문입니다.* 작가는 자신의 눈앞에 있는 (움직이므로 곧 살아 있는) 대상을 연필을 쥔 '손으로 잡아서' 종이 위에 문자로 옮겨 놓아야 합니다. 언뜻 들으면 쉬워 보이지만, 평평하던 제노의 이마가 찌푸려지는 것을 보면 그리 쉬운 일은 아니었겠죠.

그렇다면 제노는 왜 그토록 힘들어했을까요? 저는 이에 대한 스베보의 설명을 매우 좋아합니다. 글쓰기가 이토록 힘든 이유는 (작가가 한 글자 한 글자

* 이탈리아어로 '표시하다'표현하다'라는 의미의 'manifestarsi' 에서 'mani'는 '손'이라는 뜻이다.

글을 써 내려가고 있는 순간까지 포함한) 현재가 '생각-환상'을 명확하게 붙잡지 못하기 때문입니다. '생각-환상'은 글쓰기 전에 떠오르는 것이므로, 언제나 과거일 수밖에 없어서 시간이 지날수록 희미해지는 경향이 있습니다.

저는 이 짧은 문장을 몇 번이고 반복해 읽으면서, 문장에서 느껴지는 풍자적인 뉘앙스를 제거하고, 의미를 좁혀서, 상황에 맞게 재해석했습니다. 저는 시간을 역주행해 달리는 상상을 했습니다. 이 경주에서 작가는 언제나 뒤처질 수밖에 없습니다.

글자가 한 자씩 빠르게 늘어나며 확장하는 동안 맨 처음 떠올랐던 환상은 점점 흐릿해집니다. 그렇기에 안타깝게도, 글은 언제나 최초의 영감과 완벽히 일치하지 않는 근사치일 수밖에 없습니다.

글쓰기 속도는 뇌의 파장을 따라잡기에는 너무나 느립니다. '글자'가 증가하는 속도는 너무 느려서 과거를 붙잡지 못합니다. 글을 쓰는 동안 '글'은 과거가 되고, 그 과정에서 많은 내용이 유실됩니다. 글쓰기를 마치고 다시 읽어보면 머릿속을 맴돌던 목소리가 들려준 이야기가 실제로 문자화된 내용보다 훨씬 더 풍성했다는 사실을 알 수 있습니다.

어린 시절 타인의 목소리가 제 안에 둥지를 틀었던 기억은 없습니다. 그런 불편한 느낌을 받은 적이 없습니다. 그런데 글을 쓰기 시작하면서 상황이 복잡해졌습니다.

저는 원래 책벌레였는데, 제가 좋아하는 작품은 대부분 남성 작가가 쓴 책이었습니다. 그래서인지 책을 읽다 보면 남자 목소리가 들려오는 듯했습니다. 저는 그 목소리에 사로잡혀 어떡하든 흉내를 내려고 했습니다. (기억이 어느 정도 또렷한 시기를 기준으로) 열세 살 때까지만 해도 그날따라 왠지 글이 잘 써진다 싶을 때면, 누군가 무엇을 어떻게 써야 할지 불러주는 것 같았습니다.

모습은 보이지 않았지만, 가끔은 남자 목소리처럼 들렸습니다. 내 또래 소년의 목소리인지, 어른의 목소리인지 확실치는 않았지만, 어느 정도 나이 든 사람의 목소리였던 것 같습니다. 솔직히 고백하자면, 가끔 저는 여자이면서 동시에 남자가 되는 상상을 했습니다.

다행히도 사춘기가 끝나갈 즈음 그런 느낌도 '거의' 사라졌습니다. 제가 '거의'라고 한 이유는 남자 목소리는 사라졌지만, 천성적으로 굼뜬 여성의 뇌가 저를 제재하고, 제한하고 있다는 꺼림칙한 느낌이 완전히 해소되지 않고 남아 있었기 때문입니다.

글쓰기도 어려운데, 하필 여자로 태어나는 바람에 평생 위대한 남성 작가들과 같은 글은 쓰지 못할 거라는 생각에 괴로웠습니다. 남성 작가들이 쓴 뛰어나고 강렬한 문체는 제 야망에 불을 붙이고, 제 능력 이상의 영감을 불어넣었습니다.

그러던 어느 날, 아마도 고등학교 졸업을 앞두었을 무렵, 우연히 가스파라 스탐파*의 『소네트』를 읽

---

* Gaspara Stampa(1523~54): 이탈리아 파도바의 귀족 가문 출신으로 1554년에 요절한 여성 시인. 릴케의 소설 『말테의 수

었는데, 그중 한 구절이 특히 마음에 와닿았습니다. 지금은 가스파라 스탐파가 시작법에서 가장 흔히 사용되는 클리셰를 사용했다는 사실을 압니다. 그녀는 사랑이라는 감정을 표현하기에는 부족한 언어의 한계를 이용했던 것입니다. 사랑의 대상이 신이든 인간이든 말입니다.

하지만 당시 저는 이러한 사실을 눈치채지 못했고, 계속해서 사랑의 아픔과 글쓰기를 표현하는 그녀의 문장에 매료되었습니다. 사랑의 아픔과 글쓰기라는 주제의 반복을 통해 그녀의 작품 세계는 시와 시의 소재의 불균형한 관계를 보여줍니다.

그녀의 표현에 따르면, 사랑의 불씨에 불을 붙이는 살아 있는 대상과 '인간의 육체에 갇힌 죽은 언어' 간의 불균형을 보여주는 것입니다. 그녀의 작품 중에서 다음의 시를 읽는 순간, 저는 마치 그녀가 직접 제 귀에 대고 속삭이는 듯한 느낌을 받았습니다.

기』에서도 언급된다.

미천하고 비참한 여인인

나조차 그토록 고귀한 불꽃을 품을 수 있다면,

내 사랑을 만천하에 알릴 시적 영감을

조금이라도 얻을 수 있지 않을까?

사랑이, 전례 없는 방식으로 부싯돌에 불을 붙여

나를 결코 오르지 못할 곳까지 쏘아 올린다면,

기존의 법칙을 어기고

내면의 고통을 글로 표현할 수 있지 않을까?

사랑이 자연의 힘으로 이러한 일을 이룰 수 없다

해도,

일반적인 기준을 초월하고 파괴하는

기적이 일어난다면, 이루어질 수도 있지 않을까?

그런 일이 어떻게 가능할지, 설명할 수는 없지만,

그럼에도 나의 대단한 행운 덕분에

마음속 깊이 새로운 양식이 새겨진 것을 느끼노라

저는 가스파라 스탐파의 시를 자세히 분석해보

았습니다. 가장 먼저 그녀가 첫 행부터 자신을 "미천하고 비참한 여인"이라 선언한 것이 충격적이었습니다. 가스파라 스탐파는 이렇게 말하고 있었습니다.

'쓸모도 없고, 버림받아 마땅한 나 같은 여자마저 그토록 뜨거운 사랑의 불꽃을 품을 수 있다면, 나라고 영감을 받아 아름다운 언어로 사랑의 불꽃에 형상을 부여해 온 세상에 알리지 않을 이유가 어디에 있단 말인가.

사랑이 전례 없는 방식으로 불꽃을 일으켜, 감히 상상조차 못 했던 높은 곳으로 나를 쏘아 올렸다면, 기존의 규율을 어기고 내면의 펜으로 사랑의 고통을 가장 현실적으로 재현할 수 있는 단어를 찾아내지 못할 이유가 어디에 있단 말인가. 사랑이 자연의 힘을 믿지 못해도 기존의 모든 한계를 허물어뜨리는 기적이 일어날 수도 있지 않겠는가.

정확히 설명할 수는 없지만, 어떻게 된 영문인지 내 심장 깊숙이 새로운 양식이 새겨졌다는 사실은

확실하다.'

당시 저는 제가 미천하고 비참한 여인이라고 생각했습니다. 앞서 말씀드렸듯, 여성으로서 타고난 본능 때문에, 제가 표현하고 싶었던 고통을 펜으로 표현하지 못할까봐 두려웠습니다. 세상에 할 말이 있는 여성이 태어날 때부터 자신을 가두고 있는 경계선을 허물고, 글로 자신의 진정한 모습을 세상에 보여주려면 정말 기적이 일어나야 하는 걸까요?

시간이 흘러, 그녀의 다른 글도 읽어보았는데 이를 통해 저는 그녀가 완전히 새로운 시도를 했다는 사실을 알 수 있었습니다. 그녀는 (측량할 수 없는 사랑의 고통을 펜이 표현할 수 있는 범위로 축소하려는) 남성 시인의 전통에 부합하는 클리셰를 답습하는 데 국한하지 않고 여기에 의외의 요소를 접붙였는데, 그것은 곧, '죽은 언어' 또는 '인간의 껍질' 속에서 담대하게 자신의 고통을 펜으로 꿰매어 언어의 옷을 만들려고 애쓰는 여성의 육체입니다.

남성이든 여성이든 고통과 펜 사이에 태생적 불

균형이 존재한다는 사실에는 변함이 없지만, 스탐파는 특히 여성의 펜은, 남성 문학 전통의 기준에서 볼 때 예상 가능한 범주를 벗어나기 때문에, (5세기 전에도 지금과 별다를 바 없이) '기존 게임의 법칙'에서 벗어나 여성 고유의 '재능과 양식'을 가지기 위해 더 많은 용기와 노력이 필요하다고 말하고 있었습니다.

이런 생각을 하게 된 것은 제가 스무 살 정도 되었을 때였습니다. 당시 저는 글을 잘 쓰려면 남성 중심 문학 전통에 뿌리를 박고 남자처럼 글을 써야 한다고 믿었습니다. 하지만 저는 여자이기 때문에 그토록 열심히 공부했던 남성 문학의 규칙들을 위반하지 않으면 좋은 글을 쓸 수 없다는, 일종의 딜레마에 사로잡혀 있었습니다.

그 후 수십 년간 저는 그 딜레마 속에서 정말 열심히 글을 썼습니다. 어떠한 영감이 떠오르면, 오직 나만의 것이 틀림없다고 생각했고, 당장 글로 옮겨

야 한다는 다급한 충동에 사로잡혀서 몇 날 며칠, 몇 주, 가끔은 몇 달 동안 글만 쓴 적도 있습니다. 최초로 떠올랐던 영감이 희미해져도, 저는 끈질기게 버텼습니다. 문장을 수없이 쓰고 고치면서, 앞으로 나아갔습니다.

그러는 동안 처음 방향을 제시해주었던 나침판은 바늘을 잃고 말았습니다. 방향성을 잃어서 단어 하나를 선택할 때마다 한참을 망설였습니다. 당시 제 심리는 모순적이었습니다.

작품을 마치면 저는 언제나 기뻤습니다. 제 글이 완벽한 것 같았거든요. 그렇지만 다른 한편으로는, 다 써놓고 보니 왠지 그 글이 제 글이 아닌 것처럼 느껴졌습니다. 글쓰기가 소명이라고 생각하고, 글을 쓰는 내내 글 뒤에 정체를 감추어왔던, 글을 쓰기 위해서라면 뭐든 할 수 있는 열성적인 제가 아니라, 근면 성실한 연습을 통해 편한 작법을 터득한 또 다른 제 모습이 보였습니다.

그 자아는 작품이 완성되면 "얼마나 글을 잘 썼는지 좀 봐주세요! 얼마나 멋진 장면을 썼는지 좀 봐주세요! 작품을 마쳤으니 저를 좀 칭찬해주세요!"라고 외쳤습니다.

그때부터 저는 제가 두 가지 스타일의 작법을 구사한다는 사실을 확실히 깨달았습니다. 하나는 학창 시절 언제나 "너는 글을 참 잘 쓰는구나. 분명히 훌륭한 작가가 될 거야"라고 선생님의 칭찬을 받던 글쓰기였고, 다른 하나는 불쑥 나타났다 깊은 실망만을 안겨주고 바람과 같이 사라지는 작법이었습니다. 그럴 때마다 느끼던 실망감은 시간이 흐르면서 다양한 형태로 변화했지만, 그 본질은 지금도 변함이 없습니다.

저는 균형 잡히고, 잔잔하고, 순응적인 글을 쓸 때면, 항상 답답하고 불편했습니다. 물론 처음에 제가 글재주가 있다고 알게 된 것은 그런 글 덕분이었지만요. 가스파라 스탐파가 현대판 큐피드의 화살 대신 사용한 화승총 이미지를 빌리자면,* 저는 그런 스타일의 글로 화약을 점화해 총알을 발사할 불씨를 일으켰습니다.

하지만 얼마 지나지 않아 저는 제 총알이 멀리 날아가지 못한다는 사실을 깨달았습니다. 그럴 때면 충동적인 글이 쏟아져 나오기를 바라지만, 제 의지와는 달리 그런 글은 좀처럼 나오지 않습니다. 새로운 작품을 시작할 때마다 충동적인 글이 나오는가 싶지만, 얼마 가지 못하고 순응적인 작법으로 돌아갑니다.

때로는 한참 글을 쓰던 중에 저의 충동적인 자아가 튀어나오기도 합니다. 그러면 저는 잠시도 멈추지 않고, 지칠 줄 모르고, 구두점조차 무시한 채 오직 그 충동적인 본능에만 충실하게 글을 써 내려갑니다. 하지만 그렇게 글을 쓰다 보면, 어느새 충동은

---

* 앞서 나온 시에서 "사랑이, 전례 없는 방식으로 부싯돌에 불을 붙여/나를 결코 오르지 못할 곳까지 쏘아 올린다면"을 가리킨다.

온데간데없이 사라져버렸죠.

저는 오랜 세월, 신중한 글쓰기를 해왔습니다. 항상 지금 쓰는 것은 글의 초안일 뿐이라고 생각하면서 곧 걷잡을 수 없는 충동이 폭발하기를 바랐습니다. 제 뇌의 일부분만을 차지하고 글을 쓰던 자아가, 갑자기 제 머릿속과 온몸에 존재하는 수많은 '자아들'을 장악해서 글을 쓰는 데 필요한 모든 것을 맹렬한 기세로 자루 속에 쓸어 담으며 뛰쳐나가기를 기다렸습니다.

실제로 그런 일이 일어나면 정말 기분이 끝내줍니다. 스베보는 그런 순간을 두고 희미한 생각이 손에 잡힐 정도로 명확해지는 순간이라고 했습니다. 펜을 잡고 글씨를 쓰는 바로 그 손으로 말입니다. 가스파라 스탐파식 표현에 따르면 미천하고 비참한 여인인 내 안에 있는 무엇인가가 기존 게임의 법칙에서 탈피해 '재능과 양식'을 찾는 바로 그 순간이죠.

하지만 저는 표현되기를 요구했던 그 무엇인가가 손가락 사이로 스르르 빠져나와 사라져버리는 것을 자주 경험했습니다. 물론 얼마 후에 다시 기억날 수도 있습니다. 멋진 문장으로 표현 할 수도 있습니다. 소재가 떠올라 글을 쓰기 시작하면, 마법과 같은 조화가 일어나 글쓰기의 기쁨을 맛볼 수도 있지만, 다음번에는 조금 더 준비되고 덜 산만할 때 빛나는 그 순간이 찾아와주기를 기다리면서 그저 단어만 끄적이다 시간만 허비할 수도 있습니다.

꼼꼼하게 구성해서 잘 전개한 모범적인 글과 순전히 우연의 산물로 탄생한 글은 전혀 다릅니다. 후자는 작가가 글로나마 질서를 부여하려는 실제 세상 못지않게 역동적입니다. 그런 글은 갑자기 폭발하듯 쏟아져 나왔다가 홀연히 사라집니다. 한 사람의 목소리처럼 들리다가 갑자기 군중의 외침처럼 들립니다. 작은 속삭임이 돌연 거대한 함성이 됩니다. 말라르메의 주사위*처럼 그런 글은 통제하고, 의심하고, 땅에서 뒹굴고, 빛나고, 명상합니다.

---

* "한 번의 주사위가 결코 우연을 없애진 못하리라"라는 프랑스 시인 스테판 말라르메의 금언.

최초의 영감으로부터 자꾸만 멀어져가는 글의 속성을 설명하기 위해, 저는 종종 버지니아 울프의 『어느 작가의 일기』를 인용하곤 합니다. 시간이 없으니 오늘은 이 중에서 아주 짧지만 제게는 의미 있는 두 부분만 발췌해 소개해드리겠습니다. 먼저 읽어드릴 부분은 버지니아 울프가 리튼 스트래치와 나누는, 겉보기에는 가벼운 대화 장면입니다. 그는 울프에게 이렇게 묻죠.

"소설은 어떻게 되어가나요?"
"주머니 속에 손을 넣고 뒤지고 있죠."
"멋지군요. 항상 다른 것이 나오겠네요."
"그럼요. 저는 20명인걸요."

손과 주머니와 20명. 이게 다입니다. 하지만 잘 생각해보면 몇 줄 안 되는 자조적인 문장 속에 두 가지 힌트가 숨겨져 있습니다. 첫 번째는 글쓰기란 순수하게 운명에 도전하는 일이라는 것입니다. 두 번째는 글이 잡아내는 대상은 일상에 깊숙이 뿌리를 내리고 살아가는 작가라는 한 사람에게 걸러지는 것이 아니라 20명에 달하는 수많은 인격의 체에 의해 걸러진다는 것입니다.

물론 여기서 20명이란 무작위로 선택된 숫자일 뿐입니다. 중요한 것은 글을 쓰는 순간만큼은, 작가인 저마저도 제 정체성을 모른다는 사실입니다. 울프도 마찬가지입니다. 그녀는 여기서 자신은 버지니아가 아니라고 확실히 말하고 있습니다. 다음에 소개할 문단으로 넘어가죠.

문학 작품이 날것에서 생성될 수 있다는 생각은 오판이다. 문학 작품을 쓰려면 자신을 외제화할 수 있어야 한다(시드니가 끼어드는 것이 싫었던 것도 바로 그런 이유에서다). 글 쓰는 이는 자신을 타자화할 수 있어야 한다. 한 가지에 정신을 집중해야 한다. 파편화된 자아에 의지하지 않고 뇌 안에 안전하게 자리 잡아야 한다. 시드니가 와도, 나는 버지니아 울프다. 글을 쓰는 순간 나는 순수한 감성일 뿐. 때로는 버지니아 울프인 것이 좋지만, 그럴 때는 내가 파편화되고 다양하고, 사교적일 때일 뿐이다. 지금은… 오직 감성 그 자체이고 싶다.

여기서 울프의 생각은 명확해 보입니다. 글을 쓰려면 다양하고 종속적인 버지니아 울프의 수많은 실제 삶의 방식 사이에서 헤매지 말고 자신의 뇌에 진을 쳐야 합니다. 사춘기 시절 버지니아 울프의 작품을 읽고 저는 그녀가 이런 말을 하고 있다고 생각했습니다.

'그래, 나는 버지니아 울프의 삶도 좋아. 하지만 진짜 작가로서의 나의 자아는 버지니아 울프가 아니야. 진짜 작가인 내게는 20명의 자아가 있어. 하나같이 과민한 여러 인격이 펜을 쥔 손에 집중하고 있지.'

펜을 쥔 손의 임무는 주머니를 뒤져 글자와 단어와 문장들을 끄집어내는 것입니다. 진정한 글쓰기란 결국 문학이라는 창고를 뒤져 적합한 표현을 찾아내는 행위니까요. 그러니 글을 쓰는 동안 버지니아 울프는 존재하지 않습니다. 버지니아 울프는 비루한 삶과 순응적인 글을 상징하는 이름이니까요.

글 쓰는 이에게는 이름이 없습니다. 제어할 수 없는 흐름에 휩쓸려 글자를 자양분 삼아 또 다른 글자를 생산하는 순수한 감성일 뿐입니다.

버지니아 울프라는 호적상 이름을 가진 사람으로부터 완전히 독립된 인격체가 자신의 본체와 완전히 분리된 상태로 극도로 집중해서 글을 쓰고 있는 이미지를 저는 지금도 매우 좋아합니다. 문제는 그런 인격체에게 실질적인 내용을 제공하기가 갈수록 어려워진다는 것입니다. 저는 요즘 작가들이 글쓰기를 대하는 태도가 마음에 들지 않습니다. 남녀를 막론하고 말입니다.

요즘 작가들은 이런 식입니다.

'이야기는 스스로 이야기를 해야 한다. 인물은 스스로 발전하는 것이다. 언어는 마치 작가가 아니라 작가 내면에 살고 있는 다른 누군가가 과거와 현대를 잇는 큰 흐름 안에서 쓴 글처럼 스스로 독자에게 말을 건넨다. 하나님의 계시, 성령의 강림, 황홀경, 무의식 속에서 암호화된 언어와 우리를 변화시키는, 그물망처럼 복잡하게 얽힌 인간관계처럼.'

가끔 이런 복잡한 생각을 정리하려고도 해봤지만, 그러다 결국은 저 자신과 저의 두 가지 스타일의 작법으로 돌아왔습니다. 두 가지 글쓰기는 분리된 것이 아니었습니다. 첫 번째 작법, 즉 평범한 글쓰기가 충동적인 글쓰기를 포함하고 있었으니까요. 평범한 글이 없었다면 저는 아예 글을 쓰지 못했을 겁니다. 평범한 글쓰기 덕분에 저는 초등학생 시절부터 공책에 세로로 그어진 빨간색 경계선 밖의 여백을 침범하지 않을 수 있었습니다.

덕분에 저는 수줍음에 가까운 신중함으로 (평생 대범함과는 거리가 멀었고, 그 때문에 고민도 많았습니다) 어린 시절 익힌 규칙을 지키며 수없이 많은 페이지를 메꿀 수 있었습니다. 저는 꾸준히 그런 글쓰기 연습을 했습니다. 그런 식의 연습은 일상이 바빠지면 아무런 부담 없이 중단할 수 있었습니다. 가끔은 버지니아 울프 역시 저처럼 순응적 글을 썼을 거라는 생각도 해봅니다.

문제는 두 번째 작법입니다. 울프 역시 스스로 농축된 감정이라 정의내린 두 번째 작업을 선택했습니다. 충동적인 작법도 순응적인 작업과 마찬가지로 뇌를 구성하는 신경 세포에서 나오는 것입니다. 저는 그 충동을 느낄 수는 있지만, 그것을 통제하는 방법은 모릅니다. 제 머리는 그 충동을 마음껏 자유롭게 표출할 수 있는 방법을 모릅니다. 어떻게 그러한 충동이 솟아났는지도 모릅니다(어쩌면 의도적으로 알고 싶어 하지 않는 것일지도 모릅니다). 그렇기에 백지에 낙서라도 하지 않고는 못 견디는 저의 작가 본능은 (이 역시 오래전 울프에게 배운 표현이죠) 기존 게임의 법칙을 준수하면서 진정한 글이 나오기를 기다립니다.

실제로 제 모든 작품은 인내심의 산물입니다. 저

는 글을 쓸 때마다 문학의 전통 깊숙이 뿌리 박은 글에서 무엇인가가 불쑥 튀어나와 글을 쓰고 있던 종이를 엉망으로 흩트려놓아서, 미천하고 비참한 여인인 제가 제 이야기를 저만의 방식으로 들려줄 수 있는 순간이 오기를 기다립니다.

저는 전통적인 소설 기법들을 사용하는 데 거리낌이 없습니다. 언제 어떻게 그런 기법들을 활용해야 하는지 오랫동안 공부했으니까요. 저는 어렸을 때부터 사랑과 배신, 위험한 추리, 끔찍한 진실의 발견, 방황하는 사춘기와 불행을 이겨내는 인생 성공담을 소재로 글 쓰는 것을 좋아했습니다.

독서를 좋아하던 사춘기 소녀는 곧바로 작가 지망생으로서 길고 불행한 견습 기간을 시작했습니다. 그런 저에게 문학 장르는 안전한 영역이자 견고한 플랫폼이기에, 저는 그 안에 어렴풋한 줄거리를 펼쳐놓고, 평온하면서도 아슬아슬한 즐거움을 만끽하며 습작을 써 내려갔습니다.

하지만 그러는 동안에도 저는 내심 딴생각에 빠

지거나 실수라도 저질러서, (수없이 많은) 또 다른 제 자아들이 경계를 넘어 여백을 침범해 비집고 들어오기를 바랐습니다. 그 수많은 자아가 합심해 제 손을 잡고, 제가 두려워하는 곳까지 저를 이끌어주길 바랐습니다. 저를 괴롭히고, 다시는 돌아오지 못할 그런 영역으로 데려가주기를 바랐습니다. 그렇게 (그동안 배우고, 사용한) 모든 법칙이 무너져 내리고, 점점 빠른 속도로 주머니에서 필요한 것이 아니라, 뭐든 손에 잡히는 대로 꺼내들다 결국 균형을 잃게 되는 순간이 오기를 바랐습니다.

하지만 그런 순간이 온다고 항상 좋은 작품이 써진다는 보장이 있을까요? 아뇨, 저는 그렇게 생각하지 않습니다. 적어도 제 경우에는 이러한 과정을 거친 글조차, 사방팔방 발산되는 그 부산한 에너지에도 불구하고, 고통과 펜 사이에 있는 틈을 메우지 못하고, 최초로 떠오른 영감에 훨씬 못 미치는 결과를 내놓았습니다.

모든 것이 그렇듯, 충동적인 글 역시 그것을 붙잡고, 통제하고, 절제하는 법을 배워야 할 것입니다. 글의 장단점을 알고, 제대로 활용하는 법을 익혀야 할 것입니다. 하지만 저는 그렇게 하지 못했고, 앞으로도 그러지 못할 것 같습니다.

저는 오랫동안 충동적인 작법을 파괴의 도구라고 생각했습니다. 저를 둘러싼 울타리를 허무는 망치라고 생각했습니다. 하지만 요즘 시대에 파괴를 전위적인 목표로 삼는 것은 너무나 순진한 행동처럼 느껴집니다. 지금껏 아무에게도 고백하지 못했지만, 수줍고 우직한 성향의 사람들이 으레 그렇듯 저 역시 한때 정해진 형식에서 벗어나 영역을 넓히고 싶다는 은밀한 야망을 품었습니다.

그러다 그 시기도 서서히 지나갔죠. 사뮈엘 베케트조차, 그 위대한 베케트조차 인간은 형식 없이 살 수 없다고 하지 않았던가요? 그것은 비단 문학뿐 아니라 다른 모든 분야도 마찬가지입니다.

그렇게 저는 전통적인 견고한 구조를 바탕으로

꼼꼼하게 작업하는 습관을 들였습니다. 그러면서 인내심을 가지고 제가 표현할 수 있는 모든 진실을 표현하는 글이 나타나기를 기다렸습니다. 모든 균형을 깨뜨리고, 형식을 변형하는 글이 나타나기를 기다렸습니다. 몸부림치며 저만의 공간을 만들기 위해 애썼습니다.

제게는 그것이야말로 진정한 글쓰기입니다. 제게 글쓰기는 우아하고, 철저하게 계산해서 움직이는 행동이 아니라 충동적인 행위입니다.

제가 사뮈엘 베케트 이야기를 꺼낸 것은 그럴 만한 이유가 있기 때문입니다. 삶을 글에 바친 사람이라면, 뇌 한구석에 틀어박힌 채 글을 쓰는 작가의 '자아'에 관한 글을 단 몇 문장이라도 쓰지 않을 수 없습니다. 저는 그런 문장들이 단지 글쓰기를 향한 열정에 대한 오마주만을 담고 있을 거라고는 생각하지 않습니다. 그런 문장들은 작가로 하여금 자기 작품의 결점과 미덕을 포함한 의미를 바라보게 해주는 문 또는 통로이기도 합니다.

저는 그런 면을 가장 잘 표현한 작품이 바로 사뮈엘 베케트의 『이름 붙일 수 없는 자』라고 생각합니다. 죄송하지만 오늘 여러분께 추천해드리고자 하는 부분은 꽤 깁니다. 하지만 원래 제가 추천하고 싶었던 부분은 그보다 더 깁니다. 솔직히, 저는 『이름 붙일 수 없는 자』 전체를 읽어보시기를 권합니다. 그럼 한번 들어보시죠.

나는 말속에 있어, 다른 것들이 뭔데, 장소도 있고, 공기도 있고, 벽·땅·천장, 여러 가지들이 있지. 요컨대 나와 함께, 전 우주가 여기에 있는 거야. 그러니까 나는 공기이고, 벽이며, 유폐된 자야, 모든 것이 버티지 못하고, 열리고, 흘러나오기도 하고, 역류해 들어가기도 해, 여러 작은 덩어리들, 서로 엇갈리기도 하고, 결합하기도 하고, 분리되기도 하는, 그 모든 작은 덩어리들이 바로 나야, 내가 어디를 가든 간에 나는 나를 다시 발견하고는, 나를 버리고, 나한테로 가서는, 나한테서 나오거든, 결국 다 나인 거지, 되찾고는, 잃어버리는 바람에, 사라져 버린, 나는 작은 한 조각일 뿐인 거야, 단어들, 내가 그 모든 단어들이야, 그 모든 낯선 단어들, 먼지 같은 그 말들이 다 나야, 내려앉을 바닥도 없고, 흩날릴 하늘도 없는데도, 말을 하려고 서로 충돌하고, 말을 하려고 서로 피하면서, 서로 결합하는 단어들, 서로 떨어지는 단어들, 서로 관심 없는 단어들, 서로 떨어지는 단어들, 서로 관심 없는 단어들, 그 모든 단어들이 다 나라고 말을 해, 하지만 다른 것이 아니야, 그렇지 않아, 완전히 다른 것이기도 해, 그래서 움직이는 것은 아무것도 없고, 소리 내는 것도 전혀 없는, 깜깜하고, 말끔하며, 건조하고, 막혀 있고, 비어 있는, 단단한, 어느 곳에서, 나는 완전히 다른 것, 말 못 하는 어떤 것이기도 하다고 말을 해, 그리고 내가 귀를 기울이고 있다고, 그리고 내가 알아듣는다고, 그리고 내가 찾으려고 애를 쓴다고 말을 해, 우리에서 태어난 우리에서 죽은 우리에서 태어나고 죽은 태어나고 죽은 우리에서 태어나고는 죽은 태어나고는 죽은 짐승들의 우리에서 태어난

짐승들의 우리에서 태어난 짐승들의 태어난 짐승들의 우리에서 태어난 한 마리 짐승처럼, 이렇게 한 짐승이라고 하네, 내가 가진 빈약한 수단들을 동원해서, 그와 같은 짐승처럼, 내가 찾으려고 하는 짐승, 바로 그와 같은 짐승, 그 종자한테 이제 남아 있는 거라고는 두려움, 또 격렬한 분노가 전부야, 아니지, 격렬한 분노는 지나갔잖아, 그러니 두려움만 있을 뿐이지.*

오직 말로 구성된 자아가 창조한 질서와 혼란이 뒤섞인 소음 속에서(결국은 오직 두려움에 사로잡힌 채 우리에 갇힌 짐승들이 끝없이 이어지는 이미지로 귀결되는 소음 속에서) 제 모습이 보이는 듯했습니다. 베케트의 글을 읽고 우리에 갇힌 짐승의 이미지를 알기 전에는, 또 이미지가 제 머릿속에 각인되어 있었는데, 그것은 어머니와 관련된 이미지였습니다.

* 사뮈엘 베케트, 전승화 옮김, 『이름 붙일 수 없는 자』, 워크룸 프레스, 2016, 153-154쪽.

그것은 바로 파편화된 말의 소용돌이였습니다. 그 이미지는 저를 병들게 하고, 두려움에 떨게 했습니다. 제 상상 속에서 그 언어의 소용돌이는 거친 물결 아래 잠긴 땅에서 쓸려 내려온 잔해였습니다. 어머니는 그것을 '프란투말리아'frantumaglia*라고 불렀습니다. 두려움에 떨며, 자신의 머릿속에서 일어나는 일을 '프란투말리아'라 불러, 저까지 두렵게 만들었습니다. 너무나 두려워서 오랜 세월 저는 차라리 우리에 갇힌 짐승의 이미지가 낫다고 생각했습니다. 우리에는 적어도 안전한 경계가 있으니까요.

우리 안에 있다고 생각하면 마음이 편안해졌습니다. 매사에 명확한 것을 선호하는 저는, 오랫동안 개성 없는 사람이 되기보다는 차라리 누군가를 닮기를 바랐습니다. 그런 저이기에 우리 안에서는 (몇 년 전 다시 나타난) '프란투말리아'의 소용돌이를 통제하기가 더 수월하게 느껴졌습니다.

---

* 2003년에 발간된 엘레나 페란테의 에세이집 제목이기도 하다.

초등학생 시절 글씨 연습을 하던 검은색 가로줄과 빨간색 세로줄이 그어진 공책도 분명 우리 역할을 했었을 겁니다. 짤막한 이야기를 글로 쓰기 시작했을 때도 그런 공책을 사용했던 것 같습니다. 그때부터 저는 모든 것을 깔끔하고, 논리 정연하고, 균형 잡힌 모범적인 글로 바꾸려 했습니다.

하지만 머릿속에서 쩌렁쩌렁 울려대는 그 야단스러운 불협화음은 사라지지 않았죠. 저는 정말 출간하고 싶은 마음이 들게 만드는 글은, 바로 거기에서 나온다는 사실을 압니다. 어쩌면 저를 구원해준 것은 (비록 얼마 지나지 않아 그 구원이라는 것이 실은 파멸이었다는 사실을 깨달았지만) 질서를 확립하려는 욕망의 이면에 살아남아 저를 휘청이게 만들고, 어지럽게 만들고, 실망하게 하고, 실수하게 만들고, 실패하게 만들고 주변을 오염시키는, 때때로 저를 이리저리 밀쳐대는 그런 힘이었을 겁니다.

세월이 흐르면서, 제게 글쓰기는 반복되는 내면의 균형과 불균형에 형태를 부여하는 행위가 되었습니다. 수많은 파편을 틀에 맞춰 정돈했다가 그것들을 다시 뒤섞는 과정의 연속이었죠. 결국 저는 사랑의 종말을 이야기하는 연애 소설에 만족했고, 살인자의 정체가 끝까지 밝혀지지 않을 것이라는 확신이 있어야 추리 소설에 몰입할 수 있었습니다.

마찬가지로 아무도 제대로 성장하지 못하는 성장 소설이야말로 제대로 된 성장 소설처럼 느껴졌죠. 아름다운 문장은 조화를 잃고 추함에서 비롯한 절망적인 힘을 얻을 때 비로소 아름다워집니다. 등장인물도 마찬가지입니다. 제게는 누가 봐도 일관되게 행동하는 등장인물은 공허하게 느껴지는 반면 말과 행동이 다른 인물들에게 마음이 끌립니다.

"아름다운 것은 추하고, 추한 것은 아름다운 것이다."

『맥베스』의 멋진 화자인 마녀들은 안개와 탁한 공기 속으로 자취를 감추기 전, 이렇게 말합니다. 하지만 여기에 대해서는 다음 시간에 이야기하겠습니다.

아쿠아마린

청중 여러분, 오늘은 제가 열대여섯 살 정도 되었을 때 세운 저만의 원칙에 관해 이야기해보겠습니다. 당시 저는 작가는 글에 자신이 다른 이들에게 준 자극과 다른 이들에게서 받은 자극을 담아낼 의무가 있다고 생각했습니다. 심지어는 이 원칙을 적어놓기까지 했죠.

저는 그 공책을 아직도 간직하고 있습니다. 공책 귀퉁이에 당시 제 신념을 뒷받침하기 위해 드니 디드로의 『운명론자 자크와 그의 주인』*에 나오는 "사

---

* 18세기를 대표하는 철학가이자 소설가인 디드로의 문학 작품. 주인공 자크와 그의 주인의 여정을 따라 삶과 사회, 예술에 대한 성찰이 펼쳐진다.

실을 있는 그대로 말하라"라는 인용문까지 써놓았
죠. 사실 그때 저는 드니 디드로가 누군지 잘 몰랐습
니다. 공책에 써놓은 문장도 당시 제가 좋아하던 선
생님이 제게 조언을 해주시면서 언급한 적이 있어
서 알게 되었죠.

사춘기 시절부터 저는 실제로 존재하는 것을 좋
아했습니다. 실제로 존재하는 대상을 정의내리고,
기록하고, 묘사하고, 규정하고, 때에 따라 금지하려
고 했습니다. 저는 온 세상에 제 이야기를 쏟아내고
싶은 참을 수 없는 충동을 느꼈습니다. 그 대상이 특
정한 인물이건, 불특정 다수이건 상관없었습니다.
그들에게 현실을 있는 그대로 들려주고 싶었습니
다. 저는 이렇게 생각했습니다.

'이야기의 탄생을 우연히 유발하는 요소는 모두
외부에 있어. 때로는 그러한 요소들이 우리에게 충
격을 가하기도 하고, 우리가 그러한 요소들을 향해
돌진해 충돌하기도 하지. 그 결과 그 모든 것이 혼란
에 빠지는 거야.'

인간의 내면은 육체를 구성하는 취약한 부품에 지나지 않습니다. 우리가 '정신세계'라고 부르는 것은 목소리나 문자의 형태로 물질화되기를 원하는 비의 지속적인 깜박임에 지나지 않기에, 저는 기다림 속에서 주변을 관찰했습니다. 당시 글을 쓰는 데 있어서, 제게 가장 중요한 것은 눈이었습니다. 황금빛 낙엽의 미세한 떨림, 모카 포트의 반짝이는 부품, 하늘색 광채를 내뿜는 아쿠아마린 반지를 낀 어머니의 약지, 뒤뜰에서 옥신각신하는 동생들, 파란 앞치마를 두른 대머리 아저씨의 거대한 귀…

당시 저는 그 모든 것을 비추는 거울이 되고 싶었습니다. 현실의 파편에 순서를 부여해 연결하면, 이야기가 탄생했습니다. 그것은 아주 자연스러운 일이었기에, 저는 끊임없이 이야기를 만들었습니다.

그러다 세월이 흐르면서 모든 것이 복잡해지기 시작했습니다. 우선 자신과의 전쟁이 시작됐죠.

'왜 저렇게 쓰면 안 되고 이렇게 쓰는 것은 괜찮지? 이런 표현은 괜찮을까, 안 괜찮을까?'

얼마 지나지 않아 글 쓰는 방법을 완전히 잊어버린 것 같은 느낌이 들었습니다. 아무리 글을 써도, 평소 좋아하는 작품들에 비해 결과물이 한참 부족하게 느껴졌습니다. 저는 그 이유를 도무지 이해할 수 없었습니다. 제가 너무 무식해서인 것도 같고, 경험이 없어서인 것 같기도 했습니다. 여성 특유의 과다한 감성 때문인 것 같기도 하고, 그저 제가 멍청하고 재능이 없어서 그런 것 같기도 했습니다.

그때는 모든 것이 틀에 박힌 것 같았습니다. 방, 창문, 사회, 선한 자와 악한 자, 옷, 표정, 생각. 아무리 다르게 표현을 해보려 해도, 그 모든 대상에 도무지 감정을 불어 넣을 수 없었습니다.

사투리를 쓰는 나폴리 사람들의 목소리를 묘사할 때도 문자화된 고향 사투리는 제 마음을 불편하게 만들었습니다. 사투리를 글로 옮기는 순간, 실제와는 너무나도 다르게 느껴졌기 때문입니다. 당시 추구하던 깔끔한 문체에 녹아들지 못해 거슬렸습니다.

58

여러분께 아쿠아마린 반지 이야기를 들려드리겠습니다. 오래전 공책에 적어 두었던 이야기죠. 제 어머니는 언제나 아쿠아마린 반지를 약지에 끼고 다니셨습니다. 그 반지는 실제로 존재하는 물건이었지만, 제 머릿속에서는 계속해서 형태가 변했습니다. 때로는 선명하고, 때로는 흐릿한 어머니의 형상과 그런 어머니를 향한 저의 애증의 감정과 뒤섞여 사투리와 표준어, 시간과 공간의 경계를 넘나들었습니다.

어머니의 아쿠아마린 반지는 끊임없이 변화했습니다. 그것은 변화무쌍한 현실의 일부이자, 그와 마찬가지로 끊임없이 변화하는 저라는 존재의 일부였으니까요. 때로는 반지를 묘사함으로써 글 속에 가두어보려고도 해보았습니다(당시 저는 뭐든 묘사하는 데 열심이었죠).

하지만 아쿠아마린에 하늘빛 광채를 부여하는 순간, 원석은 제 표현 속에서 본질을 잃어버렸습니다. 저만의 느낌, 생각, 때로는 즐겁고 때로는 괴로운 느낌의 산물이 되어, 물에 빠지거나 입김을 불어 넣은 것처럼 탁하게 변했습니다. 아쿠아마린이 탁해지는 순간, 제 글도 변했습니다. 저는 미세하게 어조를 과장했습니다. 그래야 아쿠아마린의 광채를 되찾을 수 있을 것 같았기 때문입니다.

조금 더 자세히 설명해드리겠습니다. 처음에 저는 아쿠아마린을 '창백한 하늘빛 빛깔'이라고 묘사했습니다. 그런데 '하늘**빛**' '**빛**깔'이 반복되는 것이 마음에 들지 않아 빛이라는 표현을 아예 빼고 '창백한 하늘색 아쿠아마린'이라고 표현했죠. 그런데 막상 써놓고 보니 마음에 들지 않아 사전을 뒤졌는데 마침 '청록빛'이라는 표현이 있더군요. 청록색이라… 꽤 그럴듯하게 들렸습니다. 그래서 청록색이라는 표현을 쓰기로 했죠. '청록빛 아쿠아마린' '아쿠아마린의 청록색 광채'.

그러자 청록빛 아쿠아마린—혹은 아쿠아마린의 청록색 광채—은 저의 어머니 삶 위로 퍼져나가기 시작했습니다. 당시 제가 만들던 거친 사투리를 쓰는 전형적인 나폴리 어머니상 위로 그 눈부신 빛이 쏟아져 내리는 것 같았습니다. 그것이 제 글에 긍정적인 영향을 줄지, 아니면 부정적인 영향을 줄지, 그때는 판단을 내리기 쉽지 않았습니다.

확실한 건 그 사소한 형용사 하나로 인해 현실의 우울한 가정사가 그보다 훨씬 암울하고 고딕 소설에 가까운 장르로 탈바꿈할 것이라는 사실이었습니다. 그것을 깨닫는 순간, 저는 못내 아쉬웠지만, 즉시 '청록색'이라는 표현을 포기했습니다.

청록색이라는 표현과도 이별이라고 생각하니, 저 자신에 대한 신뢰를 잃고 말았습니다. 아무리 노력해도 제가 실제로 알고 있고, 제 글에 진정성을 불어넣어줘야 할 반지라는 진짜 존재하는 물건이 허구처럼 느껴졌습니다.

반지 이야기가 조금 길어졌군요. 제가 말씀드리고 싶은 건, 제가 뼛속까지 리얼리스트였다는 겁니다. 그런데 십 대 시절 고집스레 추구하던 리얼리즘이 어느 시점에서 제 무능에 대한 확신으로 변하더 군요. 저는 현실을 정확하게 재현하는 법을 몰랐습 니다. 사물을 있는 그대로 표현하는 방법을 몰랐던 거죠. 결국 판타지 장르가 더 쉬울 거라는 생각에 판 타지 소설을 써보려고 시도해봤지만 포기하고 말았 습니다.

그다음에는 네오아방가르드 기법을 시도해보기도 했죠. 하지만 저는 이야기를 쓸 때 저 자신이나 주변 사람들에게 실제로 일어난 일을 기반으로 삼아야 했 습니다. 그것은 너무나도 강렬한 욕구였습니다. 제 가 과거에 만났거나, 현재 알고 지내는 사람들을 모 델로 삼아야만 인물을 만들 수 있었습니다.

그래서 저는 주변 사람들의 몸짓과 말버릇을 기 록하고, 햇볕에 따라 변화하는 풍경을 묘사하는 연 습을 했습니다. 변화하는 사회상을 반영하고, 경제 적·문화적으로 서로 다른 상황들을 재현하려 했습 니다. 몹시 힘들었지만, 사투리에도 자리를 내어주 었습니다. 그렇게 저는 수많은 페이지를 직접 체험한 경험으로 채워나갔습니다.

바로 그 무렵 (모든 일이 그렇듯) 우연히 『운명론자 자크와 그의 주인』을 처음부터 끝까지 제대로 읽었습니다. 그 책은 제게 큰 도움이 되었죠. 자크의 이야기가 왜 그렇게 중요한지 말하려면 먼저 로렌스 스턴의 『신사 트리스트럼 샌디의 인생과 생각 이야기』*를 말하지 않을 수 없습니다.

이 책은 『운명론자 자크와 그의 주인』보다 먼저 출간되었고, 드니 디드로의 소설에도 큰 영향을 주었습니다. 하지만 『신사 트리스트럼 샌디의 인생과

---

* 명목상으로는 주인공 트리스트럼 샌디의 자서전적 이야기로, 멀리 그가 잉태되던 순간으로까지 거슬러 올라가 시작한다. 그러나 예상과는 달리 샌디의 생애에 대해 독자들이 알 수 있는 것은 겨우 다섯 살 때까지의 이야기일 뿐이고, 나머지는 샌디의 주변 인물인 아버지 월터 샌디, 어머니 엘리자베스, 삼촌 토비, 트림 상병, 외과 의사 슬롭, 요릭 목사 등과 관련한 갖가지 일화와 인생에 대한 샌디의 생각으로 채워져 있다. 니체는 로렌스 스턴(Laurence Sterne, 1713-68)을 가리켜 "어느 시대를 막론하고 가장 자유로운 작가"라고 했다. 로렌스 스턴의 대표작 『신사 트리스트럼 샌디의 인생과 생각 이야기』는 18세기 작품이라고 하기에는 믿기지 않을 만큼 매우 자유분방하고 파격적이다.

생각 이야기』만으로도 책 한 권은 충분히 나올 테니 오늘은 생략하기로 하죠.

그 대신 아직 그 두 작품을 읽지 않았다면 저를 믿고 꼭 한 번 읽어보세요. 『신사 트리스트럼 샌디의 인생과 생각 이야기』와 『운명론자 자크와 그의 주인』 모두 글쓰기의 어려움을 이야기하지만, 읽다 보면 글을 쓰고 싶은 마음이 두 배나 커지게 만드는 작품들입니다.

오늘은 간단히 『운명론자 자크와 그의 주인』을 읽는 순간, 수년 전에 교수님이 들려주었던 문장이 어떠한 맥락에서 나온 말인지 깨달았다는 사실 정도만 말씀드리려 합니다. 그 책에서 주인이 자크에게 이렇게 말하죠.

"그냥 있는 그대로 말하거라."

"쉬운 일이 아니에요. 우리에겐 각자 자기만의 개성이나 관심, 취향, 열정이 있어서 그에 따라 말을 과장하기도 하고, 축소하기도 하죠. 있는 그대로 말하라니요! 그런 일은 도시 전체를 뒤져도 아마 하루에 한 번 찾아보기도 힘들 걸요. 게다가 듣는 사람은 말하는 사람보다 사정이 더 나은가요? 말하는 것을 있는 그대로 이해시키는 일도 도시 전체를 뒤져 하루에 한 번 찾아보기도 힘들 겁니다."

그러자 주인이 대답했습니다.

"제기랄! 혀와 귀의 사용을 금지하는 격언이로구나. 아무것도 말하지 말고, 아무것도 듣지 말고, 아무것도 믿지 말라니. 그렇지만 자크야, 네가 생긴 대로 말하거라. 나도 내가 생긴 대로 들을 테니. 또 내가 할 수 있는 만큼 그 말을 믿을 테니."*

그동안 같은 주제를 쓸데없이 어렵게 다룬 책을 수없이 읽었지만, 저는 이 소설에서 나오는 단순명료한 설명에서 다소 위안을 얻었습니다. 그동안 제가 쓴 지나치게 길거나 지나치게 짧은 소설들이 애

* 드니 디드로, 김희영 옮김, 『운명론자 자크와 그의 주인』, 민음사, 2013, 53쪽.

초의 포부와는 비교도 안 되게 형편없었던 것이(야망은 언제나 장대했으니까요), 오롯이 저의 무능 때문만은 아니었을 겁니다. 자크가 강조했듯이 사실을 있는 그대로 이야기하는 것은, 원래부터 어려운 것입니다. 화자는 언제나 현실을 왜곡하는 거울이니까요.

하지만 그렇다고 글쓰기를 포기해야 할까요? 자크의 주인은 그렇지 않다고 합니다. 글쓰기를 포기할 필요는 없다고 합니다. 진실을 이야기하는 것은 힘든 일이지만, 최선을 다하라고 합니다.

그래서 저는 오랫동안 최선을 다했습니다. 저 자신에게 적용했던 까다로운 잣대를 조금이나마 낮추려 노력했습니다. 그렇게 글을 쓰다 보니 어느 순간 제 글이 그리 형편없지 않게 느껴지면서, (생전 처음으로) 출판사에 보낼 만하다는 생각이 들었습니다. 그러기 전에 제가 어떻게 소설을 쓸 아이디어를 얻었으며, 어떤 사건과 인물들에게서 영감을 얻었는지 설명해야겠다는 생각에, 출판사에 장문의 편지를 썼습니다.

처음에는 모든 것이 명확해 보였습니다. 먼저 실제 일어난 사건들을 연결해서 이야기를 만들어낸 정황을 설명했습니다. 그런 다음 실제 인물들과 장소들이 가지를 쳐내고 살을 덧붙이는 단계를 거치면서 서서히 소설 속 등장인물과 배경으로 변하는 과정을 묘사했습니다. 제가 문학적으로 어떠한 계보에 속하는지 설명하고, 인물 구축과 장면 구성, 심지어는 인물의 몸짓 묘사에 영감을 준 작품들을 열거했습니다. 마지막으로 원래 의도가 어떻게 왜곡되었고, 그러한 선택이 현실과 작품의 절충을 위한 어쩔 수 없는 선택이었음을 피력했습니다.

그런데 집중을 하면 할수록, 편지에서 표현하고자 했던 메시지는 복잡해졌습니다. 그 글 속에는 온통 나, 나, 나밖에 없었습니다. 편지는 결점을 강조하고, 장점을 완화하려는 욕구와 그 반대의 욕구로 가득했습니다. 무엇보다 편지를 쓰다 보니, 아마도 책에 쓸 수도 있었지만 괴로워서 결국은 쓰지 않았던 모호한 내용이 있었다는 사실을 처음으로 깨달았습니다. 저는 머릿속이 복잡해져서, 결국 편지 쓰기를 그만두었습니다.

제 작가 본능이 눈을 뜬 시점이 정확히 그때였다고는 할 수 없을 겁니다. 그 후로도 수년 동안, 저는 수많은 좋은 작품들을 읽고, 만족스럽지 못한 글을 허다하게 썼으니까요. 하지만 그 기간 적어도 (지나치게 순진하게 보일 수도 있지만, 제게는 근본적인) 몇 가지 소소한 깨달음을 얻었다고 감히 말씀드릴 수 있는데, 그것은 다 심미적 기준을 낮추고('사실을 있는 그대로 말하라'), 자기 성찰적인 그 편지를 작성한 덕분일 것입니다.

그럼 여기서 제가 무엇을 깨달았는지 알려드리겠습니다.

첫 번째 소소한 깨달음.

편지를 쓰기 전, 저는 삼인칭 작가 시점을 고수했습니다. 그런데 일인칭 시점으로 편지를 쓰다 보니,

글을 써 내려갈수록 혼란스러워졌고, 혼란스러울수록 글에 더 깊이 몰입하게 되었습니다. 그것은 상당히 신선하고 고무적인 느낌이었습니다.

두 번째 소소한 깨달음.

저는 문학 작품에서 현실은 어쩔 수 없이 폭넓은 레퍼토리의 문학적 장치들로 축약된다는 사실을 깨달았습니다. 이러한 장치들을 잘만 이용하면, 현실 세계의 정치·사회·심리·윤리 등을 고스란히 담은 채 현실을 판으로 찍은 듯 종이에 온전히 옮길 수 있다는 사실을 깨달았습니다.

물론 이것은 사실을 있는 그대로 말하는 것과 정반대의 개념입니다. 그것은 일종의 착시효과를 노린 게임과 같은 것입니다. 이 게임에서 승리하려면 현실을 이야기하거나 글로 옮긴 이가 존재하지 않는 척해야 합니다. 글을 읽고 있다는 사실조차 인지하지 못할 정도로 완벽하게 재현된 현실이 바로 눈앞에 있는 것처럼 말입니다.

세 번째 소소한 깨달음.

모든 서사에는 남성이든 여성이든 반드시 서술자가 있습니다. 이때 서술자는 태생적으로나 형식적으로나 현실의 수많은 파편 중 하나입니다. 서술자가 숨어 있든, 간접적으로 드러나든, 일인칭 화자인 척하든, 작가로 표지에 이름을 올리든 이 사실에는 변함이 없습니다.

네 번째 소소한 깨달음.

저는 저도 모르는 사이에 절대적인 사실주의를 추구하는 열성적인 리얼리스트에서 낙담한 리얼리스트로 변해 있었습니다. 낙담한 리얼리스트로 변모한 저는 '바깥세상'에 있는 제 이야기를 통해서만 '바깥세상'을 이야기할 수 있었습니다.

다섯 번째 소소한 깨달음.

문학 작품은 현실을 구성하는 수많은 잔해의 소용돌이를 억지로 문법과 구문론의 법칙 속에 욱여

넣는 것이 아닙니다.

1980년대 중반부터는 이러한 깨달음을 바탕으로 글을 쓰기 시작했고, 그때 쓴 글은 후에 실제로 출간되었습니다. 30년 전 저는 이렇게 생각했습니다.

'사실을 있는 그대로 말하는 것에 집착하다 보면 발전이 없어. 실제로 그동안 셀 수 없는 실패를 경험했고, 그에 비해 결과물이 성공적이었던 적은 극히 드문 데다 그마저도 우연이었지. 그런 식으로 글을 쓰면 나는 결국 귀머거리에 벙어리에 허무주의자가 될 거야. 차라리 내 방식대로 이야기를 풀어나가다 보면, 언젠가 운 좋게 사실을 있는 그대로 표현할 수 있게 되지 않을까?'

그렇게 저는 시행착오를 겪으면서 작업을 계속했습니다. 처음에는 뭔가를 쓰지 않고는 견디지 못하는 제 손의 집착에 가까운 움직임을 무의미하게 만들지 않으려고 글을 썼습니다. 그러다 보니 점점 집중력이 좋아지더군요.

그렇게 저는 일인칭 화자를 만들어냈습니다. 제가 만든 화자는 자신과 세계 간의 우연한 충돌이 일어나면, 너무 흥분해서 제가 심혈을 기울여 만들어 준 자신의 형태를 변형시켰습니다.

그런데 그때 찌그러지고 비틀리고 생채기가 난 부위에서 예상치 못했던 다양한 이야기가 흘러나왔습니다. 이야기가 전개될수록 그 모든 가능성을 통제하는 것이 점점 힘들어졌습니다. 어쩌면 그것은 아직 이야기라고 부를 수도 없는, 그저 머릿속에 뒤엉킨 생각에 불과했던 것 같습니다. 그 과정에서 제가 창조한 일인칭 화자뿐 아니라 순수한 글쓴이인 저 자신도 복잡하게 뒤엉킨 생각의 실타래 속에 휩쓸리고 말았습니다.

『성가신 사랑』은 그렇게 쓰여졌습니다. 강인하고, 교양 있고, 자립적인 여인이라는 틀 안에 봉인된 델리아는 단순한 추리 소설의 스토리를 따라서 냉철하고 대담하게 움직이죠. 그런데 어느 순간 모든 장르적 규칙이 무너져 내립니다.

『버려진 사랑』 역시 그렇게 쓰여졌습니다. 교양 있는 아내이자 어머니라는 틀 안에 봉인된 올가는 평범한 '위기에 처한 부부'의 스토리를 따라 움직이죠. 그런데 어느 순간 모든 장르적 규칙이 무너져 내립니다.

『잃어버린 사랑』은 그러한 특징을 가장 잘 드러냅니다. 교양 있는 여인이자 장성한 딸들을 둔 이혼녀의 틀 안에 봉인된 레다는 공포 장르의 규칙에 맞춰 작은 시골 마을에서 일어나는 호러 스토리를 따라 움직이죠. 그런데 어느 순간 모든 장르적 규칙이 무너져 내립니다.

그 세 작품을 집필하면서 저는 '바깥세상'을 묘사할 때, 서술 순서에 따라 일련의 사건들을 정리하고, 독자에게 드러나지 않게 그것을 사실주의 문학이라는 거대한 두루마리 위에 기록해야 한다는 기존의 생각을 바꿨습니다. 대신 문학 표현들을 저장한 창고를 열심히 뒤져서 좋고 나쁨을 따지지 않고 모든 장르, 서술 기법, 다양한 장치, 심지어는 (효과만 좋다면) 얄팍한 속임수까지 이용했습니다.

삼인칭 서술자의 목소리를 버리고, (그렇습니다. 이때부터 저는 목소리에도, 목소리를 모방하는 데도 더는 집착하지 않았습니다) 일인칭 여성 화자를 선택했습니다. 제가 선택한 일인칭 여성 화자는 글, 글 그자체였습니다. 그녀는 엇갈림, 예기치 못한 충격적인 사건과 갑작스럽게 전개된 사건 때문에 어떻게 자신이 자리 잡고 있던 견고한 체스판이 흔들리게되었는지 들려주었습니다.

다음 주제로 넘어가기 전에 소설의 시점에 관한 이야기를 조금 더 해보겠습니다. 델리아, 올가, 레다를 자신의 글로 이야기를 서술하는 일인칭 화자로 상상한 것은 (즉, 독자의 시점에서 보면 델리아, 올가, 레다의 글 자체가 소설인 거죠) 매우 중요한 설정이었습니다.

이들을 일인칭 화자로 상상함으로써 (여기서 상상이라는 표현을 쓴 것은 다분히 의도적입니다) 저는 저 자신을 다양한 직업 중에서 '작가'라는 직업을 가진 여성이 아니라, 문학 작품 그 자체로 상상할 수 있게 되었습니다. 즉, 델리아, 올가, 레다의 글을 창조함으로써, 작가라는 정체성을 가진 자아를 창조한 것입니다.

그런 식으로 제가 누릴 수 있는 자유의 한계를 설정하는 경계선을 긋고, 그 안에서만큼은 마음껏 표현의 자유를 누렸습니다. 자체 검열 없이, 재능이 있든 없든, 제 글이 가진 장단점에 개의치 않고, 치유할 수 없는 상처와 틈과 봉합선이 드러난 것도 무시한 채, 모호한 느낌과 감정들을 숨기지 않고 마음껏 표현했습니다.

그뿐만이 아닙니다. 주인공들을 일인칭 화자로 설정하고 나니, 앞서 언급했던 두 가지 스타일의 작법을 최대한 효율적으로 활용할 수 있었습니다. 저는 순응적인 작법과 충동적인 작법 사이에서 균형을 잡기 위해 노력했습니다. 즉 리얼리즘을 가장한 느린 전개를 위해서는 순응적인 작법을 택했고, 그렇게 구축된 리얼리즘의 허상을 무너뜨리기 위해서는 충동적인 작법의 허상을 이용했습니다.

실제로 '나쁜 사랑 시리즈'를 집필할 때부터 저는 두 가지 스타일의 글쓰기를 모두 포함하는 통합적인 작법을 사용하려고 노력했습니다. 뼈대를 제대로 세우고 일관된 세계를 구축하려 했습니다. 그렇게 세워진 세계는 견고한 우리 같았습니다. 저는 그 우리를 짓기 위해 현실에서 일어난 사건들, 고대 신화와 현대 신화 속에 감춰졌던 인용문, 다년간 방대한 독서를 통해 축적해두었던 소중한 자료들을 사용했습니다.

그렇게 견고한 세계를 구축한 뒤에는 충동적이고 분열적인 자아가 모습을 드러냈습니다(사실 그것이야말로 제가 바라던 바였죠). 그녀는 추한 아름다움과 아름다운 추함,* 비일관적이고 자기 모순적인 상황을 만들어내며, 모순적인 어법을 남발했습니다.

* 앞의 「고통과 펜」 마지막 문장에서 인용한 『맥베스』에 나오는 마녀들의 대사다.

과거를 현재로, 현재를 과거로 소환하고, 어머니와 딸의 육체를 뒤섞고, 고정된 역할을 전복하고, 여성의 고통에서 뿜어져 나오는 독소를 짐승에게 퍼뜨려 죽음에 이르게 하고,* 멀쩡한 문을 고장냈다가 다시금 열리게 만들고,** 나무·매미·거센 바다·모자핀·인형·모래 벌레를 위협적이거나 고통스럽거나 치명적이거나 구원의 상징으로 만들었습니다.

두 가지 작법 모두 제 글이자, 델리아, 올가, 레다의 글이었습니다. 저는 현실의 인물, 공간, 시간에서 영감을 받아 소설 속 인물, 공간, 시간을 표현했습니다. 창조주와 창조물, 현실과 가상의 형상들을 현기증이 날 정도로 맹렬히 뒤섞었습니다.

다시 말하자면 제 글은 델리아, 올가, 레다가 허구 세계에 남긴 기록과 (다년간의 독서와 글쓰기를 향한 욕망으로 형성된, 영원히 미완의 허구적 인물로서) 작

---

* 『버려진 사랑』에서 올가의 개 오토가 알 수 없는 독을 먹고 죽는 사건을 가리킨다.
** 마찬가지로 『버려진 사랑』에서 올가가 집 현관문을 열지 못하고 집 안에 갇히는 사건을 말한다.

가인 제가 그 기록들을 창조하고 파괴하는 과정에서 만들어진 우연한 결과물이었습니다. 즉, 저는 델리아, 올가, 레다의 자서전이고, 그들은 저의 자서전이었던 것입니다.

세 작품에 관한 제 부족한 설명을 마무리하기 전에 한 가지만 덧붙이면, 델리아, 올가, 레다는 각자 삶의 굴곡으로 인해 자신들의 육체에 철저하게 봉인된 여성들이라는 것입니다. 이들은 과거에 타인들과 관계를 맺으려 시도했지만, 실패하고 홀로 남겨졌습니다. 친척들과 왕래도 하지 않고, 친한 동성 친구도 없고, 자존감도 낮고, 남편, 연인 심지어는 자식들도 믿지 않습니다.

우리는 그들의 외모가 어떤지도 모릅니다. 아무도 묘사하지 않았으니까요. 무엇보다 셋 다 각자의 이야기에서 유일하게 정보를 제공하는 제보자입니다. 독자들은 그들의 관점에서 서술한 사실을 타인의 관점과 비교할 방법이 없습니다. 게다가 셋 다 자신의 이야기에 너무 밀착해 있어서, 전체적인 상황을 파악하는 시선이 결여된 것처럼 보입니다. 자신들이 하는 말의 의미를 모르는 것처럼 보입니다.

하지만 저는 그녀들이 그런 인물이기를 바랐습니다. 글을 쓰면서, 저는 기계적인 거리두기를 지양했습니다. 델리아, 올가, 레다가 자신들의 상처와 거리를 두지 않기를 바라면, 저 역시 작가인 저와 그들의 고통 사이에 거리를 두지 않았습니다. 그녀들이 고립된 상태에서 들려준 이야기 속으로 뛰어들었습니다. 그래야 글쓴이인 제가 타인, 외부인, 목격자의 역할에 국한되는 것을 피할 수 있었으니까요.

『성가신 사랑』과 『버려진 사랑』에서 이와 같은 자기 선택적 구속은 의도적인 미학적 선택이었습니다. 예컨대 저도 델리아도 델리아의 어머니가 해변에서 무슨 일을 겪었는지 알지 못합니다. 저도 올가도 왜 아파트 현관문이 열리지 않다가, 갑자기 열렸는지 알지 못합니다. 델리아와 올가와 마찬가지로 저 역시 이런저런 가정을 할 뿐이죠. 그리고 저 역시 그들과 마찬가지로 실제로 무슨 일이 일어났는지 확인할 수 없습니다.

『잃어버린 사랑』에서 이러한 설정은 앞선 두 작품보다 극단적이고, 계획적이었습니다. 레다는 (인형을 훔치는) 행위를 행하지만, 행동의 주체인 당사자조차 소설의 처음부터 끝까지 그 의미를 깨닫지 못합니다. 작가인 저, 엘레나 페란테는 제 글과 레다의 글의 서사를 철저히, 그리고 절대적으로 고립시켜 막다른 길에 다다르도록 설계했습니다. 저도 레다도 말 그대로 탈진상태가 될 때까지 이야기를 전개했고, 이는 소설 마지막에 레다가 딸들을 향해 던진 말에 함축되어 있습니다.

"엄마는 죽었지만 잘 지낸단다."

그 후 몇 년 동안 저는 『잃어버린 사랑』이 제 작품 세계의 완결판이라고 생각했습니다. 다시는 신작을 출간하지 않을 거라고 생각했죠. 사춘기 시절부터 품어왔던 리얼리즘에 관한 집착도 소진되었죠. 시간이 흐르면서 진실을 추구하고자 하는 열망

만이 남아, 간헐적인 사투리로 현실감을 더하는 르 포르타주에 가까운 자연주의, 쓰디쓴 약에 달콤한 설탕을 입힌 듯한 세련된 글, 고개를 당당하게 들고 승리할 태세를 갖춘 여성들이 나오는 소설에 거부 감을 느꼈습니다.

제 소설에 등장하는 여성들은 제 의지와는 상관 없이 (다시 한번 강조하지만, 타인에게서 자극을 받지 않으면 이야기를 만들 수 없다는 제 오랜 원칙에는 변함이 없었습니다) 일종의 유아론唯我論*에 도취되고 말았습니다. 하지만 그것은 제가 그들에게, 그리고 그들이 저에게 진실을 전하기 위한 가장 적합한 방법을 찾는 과정에서 도출된 결과였습니다. 그들이 유아론에 빠지지 않았다면, 아마도 제 이야기는 가식적인 이야기로 전락했을 겁니다.

그러던 중, 순전히 우연한 기회에 오래전 펠트리

---

* 자신만이 존재하고, 타인이나 그 밖의 다른 존재물은 자신의 의식 속에 있다고 하는 생각.

넬리 출판사에서 출간한 책 한 권을 다시 읽게 되었습니다. 1997년에서 1998년 사이에 출간되자마자 읽었던 책이었습니다. 그 책은 바로 아드리아나 카바레로*의 『바라보는 타자와 서술하는 타자』*Relating Narratives: Storytelling and Selfhood*였습니다. 처음 그 작품을 읽었을 때는 썩 좋은 인상을 받지 못했습니다. 『성가신 사랑』을 집필하면서 생긴 작법에 관한 확신을 오히려 흔드는 것 같았죠. 하지만 그때도 서술하고자 하는 여성의 욕망과 서술의 대상이 되고자 하는 여성의 욕망에 관한 분석은 꽤 흥미로웠습니다. 적어도 제 기억으로는 말입니다. 하지만 오늘 여러분께 이야기하고 싶은 것은 그 책을 처음 읽었을 때가 아니라, 두 번째 읽었을 때 받은 느낌입니다.

당시 저는 『읽어버린 사랑』 집필 후 다다른 막다른 골목에서 빠져나가기 위해 어머니와 딸에 관한

---

* Adriana Cavarero(1947-): 여성주의적 관점을 차용해 후기 현대 사회에 대한 날카로운 비평을 내놓은 이탈리아의 사회 이론가.

새로운 이야기를 구상 중이었습니다. 수많은 등장 인물이 등장하는, 70년의 세월을 두고 펼쳐질 광대한 서사였죠. 카바레로의 책을 다시 펼쳐든 것도 바로 그 시점이었습니다. 이미 읽었던 책인데, 처음 읽는 것처럼 새롭더군요. 카렌 블릭센Karen Blixen의 『아웃 오브 아프리카』에 나오는 황새에 관한 우화도 신선하게 느껴졌습니다.

하지만 제게 가장 큰 영감을 준 표현은 바로 '꼭 필요한 타자'the necessary other였습니다. '꼭 필요한 타자'는 『바라보는 타자와 서술하는 타자』 중에서 카바레로와 한나 아렌트의 농밀한 대담을 다룬 장의 제목이었습니다. 여기서 카바레로와 아렌트는 나르시시즘에 관해 이야기하다 다음과 같이 말합니다.

꼭 필요한 타자란 …연약하고 판단하기 힘든 대체 불가성 속에서 불가피하게 타인으로 남을 수밖에 없는 여성이라는 존재의 유한성이다.

이 문장을 읽는 순간, 저는 큰 충격을 받았습니다. 문장 속 '타인'이야말로 세 권의 전작에서 벗어남과 동시에 계속 머무르기 위해 꼭 필요한 요소인 것 같았습니다.

이제부터 제가 왜 그런 생각을 했는지 차근히 이야기하겠습니다. 카바레로가 인용한 다양한 작품 중에는 이탈리아 페미니즘 역사에서 매우 중요한 책 『권리가 있다고 착각하지 마라』*Sexual Difference: A Theory of Social-Symbolic Practice*가 있었습니다. 카바레로는 그 책에 나오는 두 여성의 우정을 이야기합니다. 1970년대, 이탈리아 노동계는 학업을 중단한 노동자들이 자기 계발을 위해 대학에서 강의를 듣거나 다른 기관에서 교육받을 수 있도록 150시간의 학업 시간을 사용할 수 있는 권리를 인정받는 대단한 업적을 이루어냈습니다.

에밀리아와 아말리아의 이야기는 바로 이 시기를 배경으로 합니다. 아말리아는 타고난 이야기꾼으로, 처음에는 똑같은 이야기만 반복하는 에밀리아를 지루하다고 생각합니다. 그런데 작문 강의 과제로 상대방의 글을 읽으면서 시야가 넓어지자, 처음에는 지루하게만 느껴졌던 에밀리아의 글에서 흥미로운 부분들이 보이기 시작했습니다. 한편, 에밀리아는 아말리아의 열렬한 팬이었고, 그 사실을 눈치챈 아말리아는 에밀리아의 삶을 주제로 글을 써서 친구에게 선물했습니다. 에밀리아는 너무 감동해서 아말리아가 써준 글을 평생 가방에 넣고 다녔습니다.

카바레로의 책을 읽기 한참 전에 저는 이미 『권리가 있다고 착각하지 마라』를 읽었습니다. 하지만 그때만 해도 에밀리아와 아말리아의 이야기에 별로 관심이 없었죠. 카바레로는 두어 장 남짓한 페이지에 걸쳐 밋밋하게 묘사되었던 두 여성을 자신의 작품 속으로 끌고 들어와 매우 섬세하고 영리하게 다루었습니다.

이 이야기를 통해 카바레로는 '여성 우정 서사의 특징'을 이야기하고 있었습니다. 그녀는 아말리아와 에밀리아의 이야기를 두고 (이 표현에 주목해주십시오) "자전적 서술들이 교차하면서 서로의 전기소설을 쓰는 것과 같은 효과를 가져왔다"고 했습니다.

그녀는 이렇게 말했습니다.

"서술의 대상인 자아가 자기 입으로 이야기를 서술함으로써 서술하는 자아인 타자뿐 아니라, 이야기의 주인공이자 서술의 대상인 자기 자신에게 다시 이야기를 들려주게 되는 상호 작용 메커니즘이 작동한다."

이어서 그녀는 다음과 같이 결론을 짓습니다.

"쉽게 말하면, 내가 너에게 나의 이야기를 들려주는 것은, 네가 나에게 나의 이야기를 들려주게 하기 위함인 것이다."

저는 이 문장을 읽고 무릎을 쳤습니다. 그 문장은 당시 구상 중이던 소설에서 제가 하고 싶었던 말을 훨씬 단순하게 표현한 것이었습니다. 그때 저는 얽히고 꼬이는 두 친구의 이야기를 담은 초안을 쓰느라 매우 지쳐 있었습니다. 물론 제 소설은 에밀리아와 아말리아의 일화보다는 훨씬 덜 교화적이었지만요.

저는 『권리가 있다고 착각하지 마라』를 다시 펼쳐 들었습니다. 에밀리아와 아말리아의 이야기가 나오는 부분은 신작 구상에 매우 중요한 의미가 있었습니다. 책을 읽다 보니 카바레로가 직접 언급하지 않은 내용 중에서, 제 상상력을 자극하는 부분이 있었습니다. 달변가인 아말리아는 에밀리아에 대해 이런 말을 합니다.

"에밀리아는 현실을 제대로 이해했다. 그녀의 단절된 문장들에서 깊이와 진정성이 느껴졌다."

그때 제 마음에 와닿았던 표현은 '제대로'와 '깊이와 진정성'이었습니다. 아말리아는 글쓰기를 좋아하고, 자신의 실력이 뛰어나다는 사실을 알고 있었습니다. 하지만 저는 그런 아말리아가 에밀리아의 글쓰기를 향한 의지와 노력에 대해서 진심으로 찬탄하고 있다는 것을 느꼈습니다. 심지어 아말리아는 글솜씨가 뛰어난데도 에밀리아의 글을 읽고, 자신은 절대로 그런 글을 쓸 수 없다는 생각에 질투에 가까운 감정을 느끼는 것 같았습니다.

언제나 그렇듯, 저는 바로 흥분했습니다. 카바레로는 이렇게 말했습니다.

"에밀리아가 그토록 소중히 가방 안에 넣고 다닌 글의 내용을, 우리는 알지 못한다."

하지만 카바레로는 아말리아의 글을 손에 넣지 못한 것도, 에밀리아가 들려준 이야기의 파편을 놓친 것도 그리 아쉬워하지 않았습니다. 그녀는 이를 '기묘한 자서전 집필 시도'라 정의했죠. 그녀가 아쉬워하지 않은 데에는 그럴 만한 이유가 있었습니다. 카바레로는 두 여성이 쓴 텍스트 사이에 구축된 역학 관계가 아니라 두 여성이 주고받은 서술적 우정에 초점을 맞추고 있었기 때문이죠.

하지만 저는 달랐습니다. 저는 그녀들이 쓴 글을 읽을 수 없는 것이 너무나 안타까웠습니다. 아말리아와 에밀리아의 글이야말로 서술자로서 제가 고민하고 있던 문제들과 맞닿아 있었으니까요. 성실한 글과 여백을 침범하는 글의 차이를 잘 알고 있었으니까요. 저는 최소한 아말리아가 쓴 글이라도 손에 넣을 수 있기를 바랐습니다. 그렇게만 된다면 그녀의 글에서 드러나는 에밀리아의 '깊고 진정성 있는' 문장들을 가려낼 수 있을 것 같았죠.

지금에 와서 생각해보면 『나의 눈부신 친구』의 레누와 릴라의 글 사이의 역학 관계에 대해 영감을 받았던 것은 바로 그 순간이었던 것 같습니다. 고백건대 에밀리아의 글에 찬탄하는 아말리아의 글을 읽자마자 에밀리아의 '단절된 문장들'이야말로 '진정성 있는 글'이라는 사실을 깨달았습니다. 봇물 터지듯 펜 끝에서 터져 나와 공책의 빨간색 선 사이를 근사하게 채우는 그런 글 말입니다(단테라면 그런 문장을 '스스로의 충동에 못 이겨 움직이는 것 같은 글'이라고 표현했을 테지요).

저는 아말리아가 자신의 글재주를 이용해, 에밀리아의 파편화된 문장들을 길들였다고 생각했습니다. 아말리아의 '꼭 필요한 타자'인 에밀리아는 아말리아가 길들인 문장을 읽고 만족했을 거라고 생각했습니다.

　사실 카바레로가 '꼭 필요한 타자'라고 칭한 사람은 에밀리아가 아니었습니다. 거트루드 스타인의 자서전의 화자 앨리스 B. 토클라스를 두고 한 표현이었죠(여기서 제가 전기가 아니라 자서전이라는 표현을 썼다는 사실에 주목하십시오). 저는 수십 년 전 『앨리스 B. 토클라스 자서전』을 읽기는 했지만 그때는 그 책을 완전히 잘못 이해했습니다. 그러다 카바레로가 그 작품을 언급한 것을 보고, 다시 읽어 보았죠. 마침 다음 작품을 구상하며 기나긴 초안을 작성하던 중이었죠. 이번 기회를 빌려, 젊은 시절 제가 그 책을 전혀 이해하지 못했다는 사실을 고백합니다.

　『앨리스 B. 토클라스 자서전』은 구조적으로나 문장력으로나 독창적이고 훌륭한 작품이었습니다. 저는 카바레로가 『앨리스 B. 토클라스 자서전』을 다음과 같이 평한 것을 보고, 그 작품을 다시 읽어보기로 마음먹었습니다.

『앨리스 B. 토클라스 자서전』에서 자서전과 전기 장르가 서로 겹쳐진다. …거트루드 스타인은 자신의 친구이자, 동거인이자, 연인인 앨리스라는 타자에게 자신의 삶을 이야기하게 했다. …스타인의 엄청난 자부심은 (그녀의 연인이자 친구인) 앨리스가 자신을 지켜보고, 자신의 이야기를 들려주는 '타자'로 등장해, 자신을 돋보이게 해주는 이야기들이 교차하는 픽션을 만들어냈다.

레누와 릴라의 관계, 레누와 릴라가 쓴 글의 관계에 대한 생각이 한결 명확해진 것은, 아마도 그 글을 읽었을 때부터였을 겁니다. 올가, 델리아, 특히 레다라는 전작의 등장인물들에서 벗어날 수 있었던 계기도 아마 그 글이었을 겁니다. 서로에게 꼭 필요한 타자에 관한 이야기, 심하게 뒤섞였지만, 그렇다고 완전히 하나가 되지는 못하는 두 인물에 관한 이야기를 발전시키면서 말입니다.

작업을 하다 보니 자연스럽게 『앨리스 B. 토클라스 자서전』을 다시 읽게 되었습니다. 저는 그 책이 매우 훌륭한 작품이라고 생각합니다. 카바레로가 스타인의 자부심이라고 부르는 감정이 글에서(그리고 실제로도) 소설의 작가로 책표지에 이름을 올린 스타인과 그녀가 같은 이름을 부여한 스타인이라는 소설 속 등장인물을 통해서 이중으로 충족되기 때문입니다. 여기서 주의해야 할 점이 있습니다. 혹시 이 작품을 읽게 되거나 이미 읽었더라도 다시 읽는다면, 행간에 숨은 의미를 파악하며 꼼꼼히 읽어보십시오.

일인칭 화자의 역할을 맡은 앨리스 토클라스는 이야기의 전면에 나서며 뚜렷한 존재감을 드러냅니다. 그러니 이 소설의 멋진 결말에서 스타인이 망설이는 앨리스에게 이번에는 자신이 앨리스의 자서전을 써주겠노라 약속하는 것도 놀라운 일은 아니죠. 체사레 파베세*가 번역한 에이나우디 출판사 버전에 따르면 스타인은 앨리스에게 이렇게 약속합니다.

"대니얼 디포가 로빈슨 크루소의 자서전을 쓴 것처럼 나도 당신의 자서전을 써주겠소. 나의 소중한 친구이자, 연인이자, 아내여. 타인의 자서전을 쓸 수 있는 유일한 방식으로, 당신의 자서전을 써주겠다는 말이오. 일인칭 화자의 시점으로 일인칭 화자를 주인공으로 삼겠소. 당신을 프라이데이가 아닌 로빈슨 크루소로 대하겠소."

아무리 앨리스가 스타인의 아내이고, 천재들의 아내들에 관해 글을 쓰라는 과제를 부여받았다 할지라도, 만약 그녀가 작품 속에서 반드시 필요한 인물로 설정되지 않았더라면, 천재들의 아내들뿐 아니라 (물론 그녀는 이 역할을 훌륭하게 수행하고 있습니다)

---

* Cesare Pavese(1908-50): 이탈리아의 소설가. 신사실주의 문학을 대표하며 실험적인 작품들을 선보였다.

수많은 남성 천재들 사이에서 삼인칭으로 묘사된, 그녀 자신의 **눈부신** 아내이기도 한 스타인의 가치를 알아보고, 멋지게 소개할 수 없었을 것입니다.

마지막으로 앨리스가 처음으로 스타인과 만나는 그 유명한 장면을 소개하며 이야기를 마치겠습니다.

그녀가 착용했던 산호 브로치와 그녀의 목소리에 나는 강한 인상을 받았다. 나는 일생 동안 딱 세 번만 천재를 만났다고 말할 수 있는데 그때마다 내 귀에는 종소리가 들렸고 내가 결코 사람을 잘못 보지 않았다는 걸 알 수가 있었다. 이 세 번의 경우에도 그 사람들의 천재성이 널리 알려지기도 전에 내가 먼저 알아차렸다는 것을 말해야 할 것이다. 그 세 명의 천재는, 거트루드 스타인, 파블로 피카소 그리고 알프레드 화이트헤드*였다.

* Alfred Whitehead(1861-1947): 영국의 인식론자 · 수학자 · 신학자. 저서로는 『자연의 개념』과 『상대성 원리』가 알려져 있다.

여기서 한 가지 말씀드리고 싶은 것이 있습니다. 저는 여성이, 그것도 표지에 작가로 이름이 찍힌 여성이, 대담하게도 자신의 '꼭 필요한 타자'의 입을 통해 스스로를 천재라 정의하고, 두 남성과 어깨를 나란히 하는 것을 넘어서, 자기 이름을 맨 앞에 내세우는 것을 보고 진심으로 감탄했습니다. 저는 타의 추종을 불허하는 스타인의 뻔뻔함에 웃음이 나왔습니다.

　하지만 그것은 호의적인 웃음이었습니다. 확실하지는 않지만, 그때까지 『꼭 필요한 친구』라고 부르던 소설의 제목을 『나의 눈부신 친구』라고 부르기 시작한 것도 바로 그맘때였을 겁니다. 하지만 여기에 대해서는 다음 시간에 이야기하겠습니다.

역사와 나

청중 여러분, 오늘 저녁 강의는 에밀리 디킨슨의 짧은 시로 시작하겠습니다. 역사와 마녀를 이야기하는 디킨슨의 시를 선택한 이유는, 지난 강연 마지막에 언급한 『나의 눈부신 친구』와 타인에게 영감을 주고, 글을 쓰게 만드는 글에 관한 이야기를 다시 시작하기 위함입니다.

짧은 시니 함께 읽어보시죠.

역사적으로 마녀의 마술은 목매달렸지.
하지만 역사와 나는
우리에게 필요한 모든 마술을
매일같이 우리 주변에서 발견하지.

몇 안 되는 단어 중에서 가장 마음에 와닿았던 부분은 '역사와 나'를 당당하게 잇는 조사 '와'였습니다. 시의 첫 행에는 우리가 '역사'라 부르는 문서화된 이야기가 언급됩니다. 그리고 그 역사는 마술을 목매달았죠. 그 뒤에 이어지는 행에서 '하지만'이라는 역접 관계 접속 부사 다음에 '나'가 등장합니다. 여기에서 나는 과거의 이야기, 즉 역사와 결합하고, 그 덕에, 필요한 모든 마술을 매일 우리 주변에서 발견합니다.

수십 년 동안, 저는 그 시를 대충 그렇게 해석했습니다. 특히 시에서 마녀가 언급됐다는 점이 제 상상력을 자극했습니다. 여성 일인칭 화자가 필요에 의해 결합하기 힘든 사물과 인간을 연결함으로써 마술을 억압했던 글로부터 다시 그 마술을 일상에서 행하게 만든 글을 뽑아냈다는 사실이 저를 흥분하게 했습니다. 디킨슨의 시를 읽고 나니 책상 앞에 앉아서 보이지 않는 상대와 싸우기라도 하듯 맹렬하게 '역사와 나'를 써 내려가는 한 여성의 이미지가 떠올랐습니다.

이 시간을 통해 고백건대 그 이미지는 『나의 눈부신 친구』를 쓰는 데 영감을 주었습니다. '역사'와 '나'를 병치함으로써, 디킨슨은 마녀들의 기술인 마술의 숙적인 글*로부터 마녀들의 기술에 의지하는 글을 뽑아내는 일련의 단어들을 써 내려갑니다. 세월이 흐르면서, 저는 그 여인의 형상을 현대적으로 변모시켰던 것 같습니다. 제 눈에는 그녀가 (이마를 찌푸리고, 강렬한 눈빛으로) 토리노의 아파트에서, 컴퓨터 자판을 두드리는 모습이 보이는 듯했습니다.

그녀는 그렇게 책상 앞에 앉아서 힘겹게 다른 여인들, 어머니, 자매, (마녀 친구를 포함한) 친구들을 창조했습니다. 나폴리의 다양한 장소들, 소소한 사건들, 부모님을 비롯한 주변 사람들의 고통을 묘사했습니다. 근대 60년의 '역사'를 다른 이들이 이미 다룬 수많은 문헌에서 취해 가져왔습니다. 저는 그

---

* 여기서의 글은 '문서화된 이야기'인 역사를 의미한다.

녀가 실제 인물 같았습니다. 저와 관계가 있는 사람처럼 느껴졌습니다.

다음 이야기로 넘어가기 전에, 거트루드 스타인과 『앨리스 B. 토클라스 자서전』 이야기를 조금 더 해보겠습니다. 그중에서도 "다른 글에서 자극을 받아, 그로 인해 진정성을 찾는 글 (물론 성공적인 경우에 한해서지만)"이라는 주제와 관련해서, 제가 인상 깊게 읽은 몇몇 부분을 소개해드리려 합니다.

도스토옙스키가 '순수한 실제 삶'이라 부른 것은 집착입니다. 작가의 고통입니다. 크고 작은 재능을 가진 작가들이 허구를 만들어내는 이유는, 그것을 진짜인 것처럼 보이게 만들기 위해서가 아니라, 허구를 통해 표현하기 힘든 진실을 지극히 충실하게 표현하기 위해서입니다.

스타인은 『앨리스 B. 토클라스 자서전』에서 헤밍웨이를 겁쟁이라고 합니다. 그를 두고 겁이 많다는 의미인 'yellow'라는 표현을 사용합니다. 스타인이 그렇게 말한 이유는 헤밍웨이가 진정으로 자신의 이야기를 들려주지 않고, 쓰기 편하고 작가 경력에 도움이 되는 (스타인의 표현에 따르면) '고백'을 하는 데 그쳤기 때문입니다. 스타인은 만약 헤밍웨이가 진짜 자신의 이야기를 들려주었더라면, 분명 위대한 작품이 탄생했을 거라고 합니다.

스타인의 특기인 웃는 얼굴로 독설을 날리는 기술은 잠시 접어두겠습니다. 스타인은 진실을 들려주려 노력하는 과정에서 거짓 고백을 이용했다는 이유로 헤밍웨이를 비판하는 것이 아닙니다. 그녀가 헤밍웨이를 비판한 이유는 자신의 진정한 이야기를 들려줄 재능이 충분히 있는데도 기회를 잡기 위해 거짓된 작품을 쓰기 때문입니다. 비록 그 결과물이 훌륭하고, 큰 성공을 거두었더라도 말입니다.

자연스럽게 떠오르는 다음 질문은 자신의 진정한 이야기를 훌륭하게 쓰고도 남을 정도로 재능 있는 헤밍웨이 같은 작가마저 자신의 경력에 유용한 '고백'을 지어내는 데 그쳤다면, 스타인은 이와 같은 오명을 쓰지 않고 진짜 스타인의 이야기를 쓰기 위해 과연 무엇을 했는가일 것입니다.

여기에 대한 제 생각을 말씀드리죠. 스타인은 그녀가 조금 퉁명스럽게 '고백'이라고 정의 내린, 다루기 쉬운 문학 형식의 틀 안에서 자신의 존재를 표현하는 정도로 그치지 않습니다. 그녀의 특기인 단어와 문장에 그녀만의 스타일을 나타내는 색깔을 부여하는 정도로 그치지도 않았죠.

대신 '자서전'이라는 매우 구조적인 장르를 골라, 이를 비틀었습니다. 스타인의 차별성은 바로 여기에 있습니다. 디킨슨이라면 '이야말로 마녀의 기술'이라고 표현했겠죠. 스타인은 화자인 앨리스와 스타인 자신과 다른 인물들과 관련된 실제 정보와 전기적 요소들을 다루기 쉬운 문학 형식이 아니라, 다루기 쉬운 문학이 만들어낸 허구 속으로 끌어들입니다. 허상이기 때문에 변형할 수 있고, 변형해야만 하는 형식 속으로 말입니다.

『앨리스 B. 토클라스 자서전』 표지만 봐도 그렇

습니다. 그 책의 표지는 확실히 독자들에게 진짜 지옥 여행, 실제로 발견된 문서, 진짜 편지, 진짜 일기를 보여주며 이 책이 지어낸 이야기가 아니라, 진짜인 것처럼 보이게 가장하는 진실 효과를 짓궂은 태도로 비틀고 있습니다. 스타인은 자서전이라는 오래된 문학 장르를 이용해, 자신이 창조한 인물의 가짜 자서전을 진짜인 것처럼 소개하려는 것처럼 보입니다.

그런데 이 지점에서 그녀는 형식에 충격을 가해 이를 변형시키죠. 실존 인물인 거트루드 스타인이 자신을 허구의 인물이 아닌 실제 인물 앨리스 토클라스가 쓴 자서전의 '작가'(그렇습니다. 그녀는 자신을 '작가'라 부릅니다)라고 부름으로써 말입니다. 일인칭 화자인 앨리스 토클라스는 자서전에서 자신의 이야기가 아닌 다른 등장인물, 즉 실제로 존재하는 **눈부신** 인물인 거트루드 스타인의 이야기를 들려주고 있습니다.

혹자는 이를 두고 '기묘한 속임수'일 뿐이라 평할

것입니다. 하지만 그것은 속 좁은 평가절하입니다. 스타인은 진짜 거트루드 스타인에 관한 글을 쓰려면 단순히 정직한 글을 쓰는 것이 아니라, 위대한 문학 작품을 담는 용기에 압력을 가해야 한다는 것을 보여주고 있습니다. 순간적으로는 다루기 쉽고 멋져 보이는 형식이, 알고 보면 진정한 글을 쓰고자 하는 작가들에게 치명적인 함정이라는 것을 보여주고 싶어 하는 것입니다.

그러기 위해서 스타인은 자신의 이야기를 들려주는 일인칭 화자 (유일한 전기적 진실의 출처인) 앨리스 B. 토클라스를 허구의 인물처럼 다룹니다. 그녀의 '삶과 생각'은 자서전을 통해 표현될 수밖에 없습니다. 허클베리 핀의 이야기가 마크 트웨인의 펜을 통해 전해진 것처럼 말입니다.

그런 다음 스타인은 현실의 앨리스에게서 취한 아찔하고 파괴적인 허구의 요소를 삽입합니다. 토클라스는 실제로 스타인의 타이피스트였습니다. 스타인이 쓴 글의 교정을 돕던 사람이죠.

그러니 (글에도 나오듯) 스타인의 글을 가장 깊이 이해하는 독자이기도 했습니다. 자서전에서도 그녀는 계속해서 스타인의 글을 교정하고, 첨삭하고, 필요한 부분을 명확하게 설명하고, 주석을 붙입니다. 거짓 자서전이 두 여인이 실제로 나란히 앉아서 함께 쓴 글처럼 느껴지는 것은 그러한 이유 때문입니다. 한 명은 불러주고, 다른 한 명은 타자기 앞에 앉아서 글을 받아쓰다가, 잠시 멈춰서 상대방이 한 말을 곰곰이 되씹고 사유하면서 말입니다.

이런 식으로 스타인은 지어낸 픽션, 진짜 자서전, 진짜 전기적인 진실 간의 전통적인 관계를 무너뜨렸습니다. 그렇기에 이 책은 작가인 '나'에게 훌륭한 교과서입니다. 『앨리스 B. 토클라스의 자서전』이 가르쳐주는 바는 분명 헤밍웨이의 작품이 주는 교훈보다 훨씬 흥미롭습니다. 헤밍웨이의 실수는 이미 너무나 잘 알려진 오랜 관습들을 신중하게 지키면서 성공을 거둔 것이고, 스타인의 미덕은 기존의 오랜 관습들을 활용하되, 그것들을 파괴하고 목적에 맞게 변형하면서 성공을 거둔 데 있습니다.

스타인과 헤밍웨이의 이야기는 본질적인 주제를 담고 있습니다. 속임수이든 아니든, 비겁함이든 아니든, 경력을 위한 것이든 아니든, 진정성 있는 글을 쓰는 것은 정말 어려운, 어쩌면 불가능한 일입니다. 도스토옙스키는 『지하생활자의 수기』에서 무시무시한 주인공의 입을 통해 이렇게 말합니다.

너무나 멀리 동떨어져버려서 때로는 '실제 삶'에 대해 일종의 혐오를 느낄 지경이다. 그 때문에 '실제 삶'을 상기시키는 걸 좋아하지 않는 것이다. 사실 우리는 이제 병이 고질화되어, 진짜 '실제 삶'을 마치 무슨 힘든 노동이나 되는 것처럼 느끼며, 차라리 '소설적인' 생활 쪽이 좋다고 모두들 속으로 생각하게끔 되어버린 것이다.[*]

[*] 표도르 도스토옙스키, 이동현 옮김, 『지하생활자의 수기』, 문예출판사, 1998, 139쪽. 문예출판사 번역본에서는 '실제 삶'을 '산 생활'이라고 했는데, 여기에서는 문맥상 '실제 삶'이라

문학적 야망이 있는 사람이라면 누구든 손을 움직여 글을 쓰는 행위를 하게 만드는 크고 작은 동기들이 모두 '실제 삶'에서 온다는 사실을 알고 있습니다. 사랑의 고통, 삶의 고통, 죽음에 대한 불안감. 이미 비뚤어진 세계를 바로잡으려는 욕망. 인류의 정신세계를 재구축할 새로운 에토스*를 찾기 위한 탐구. 약한 자에게 발언할 권리를 주고 권력의 잔혹함의 민낯을 밝혀야 한다는 다급한 의무감. 불행을 예언함과 동시에 미래에 도래할 행복한 세계를 설계하고 싶은 욕망.

때로는 아주 사소한 사건으로 인해 내면의 무엇인가가 움직이곤 합니다. 예를 들면 어느 날 아침 일어나 어머니에게 실수를 저지른 뒤, 갑자기 글을 쓰고 싶은 강렬한 욕망에 사로잡힐 수도 있죠. 그럴 때 이야기의 도입부를 써 내려가기 시작하면 됩니다.

그러면 그 순간 문학의 전통 속에서 다른 이들이

고 바꿨다.
* 윤리 기준, 도덕 관념(morality).

쓴 수많은 이야기가 몰려듭니다. 제게 감동을 주고, 저를 화나게 한, 저와 닮은 이야기들 말입니다. 책이나 신문에서 읽은 단어, 영화 대사, 텔레비전에서 들은 표현, 노래 가사도 떠오릅니다. '실제 삶'을 글 속에 욱여넣을 때 유용한 문학 기법들도요.

저는 그 모든 것을 저도 모르는 새 익혔습니다. 그러다보니 그 수많은 표현 속에 저의 혼란스러운 경험들을 자연스럽게 투영할 수 있었고 그럴 때면 기분이 정말 좋았습니다. 약간의 운과 재능만 있다면 말하고 싶은 바를 마음에 꼭 들게 표현할 수 있습니다. 그러고 나서 뿌듯해하면서 이렇게 생각하죠.

'그래. 이것이 바로 나의 목소리야. 나는 나의 목소리로 내 실제 삶을 이야기하고 있어.'

그러면 다른 사람들도 내게 고유의 목소리를 찾은 것 같다고 말하기 시작할 것입니다. 저 자신도 언제나 같은 목소리를 내려고 노력할 겁니다. 그러다 어느 순간 나의 목소리가 나오지 않으면, 나의 억양을 영원히 잃어버렸을까봐 두려워할 겁니다. 갑자기 목소리가 돌아와도 언젠가는 나의 목소리가 없어져버릴까봐 두려워하는 것은 마찬가지일 겁니다.

나의, 나의, 나의. 이 일인칭 소유격을 얼마나 많이 반복하는지 여러분도 느끼시나요? 사실 글쓰기에 있어서 장족의 발전을 이루는 순간은 바로 이와는 정반대의 진실을 깨닫는 순간입니다. 우리가 너무나도 당당하게 우리의 소유라 생각하는 것이, 실은 타인의 소유라는 사실 말입니다. 물론 세상과의 교류는 온전히 각자의 것입니다. 하지만 말은 (공책의 빨간색 경계선을 넘지 않기 위해 단어들을 조심스럽게 담아놓은 문자화된 형태의 말은) 그렇지 않습니다.

우리는 그 어떤 말도 온전히 우리 것이 아니라는 사실을 있는 그대로 받아들여야 합니다. 글쓰기가 고유의 음색을 가진 자신의 진정한 목소리를 해방하는 기적적인 행위라는 생각도 버려야 합니다. 그런 생각은 글쓰기를 대하는 나태한 태도입니다. 글쓰기는 끝없이 펼쳐진 광활한 묘지로 들어가는 것과 같습니다. 모든 무덤이 훼손되기를 기다리고 있는 그런 곳으로 말입니다. 글을 쓴다는 것은 위대한 문학, 상업적인 문학, 필요하다면 소설-에세이, 희곡 등 과거 다른 이들이 쓴 모든 글을 취합해 어지럽고 혼란스런 자아의 틀 안에서 자신의 글로 만드는 것입니다.

글쓰기는 과거의 모든 글을 정복하고, 서서히 그 엄청난 자산을 쓰는 법을 배워나가는 과정입니다. 우리는 결코 '고유의 문체가 있는 작가'라는 사람들의 칭찬에 현혹되어서는 안 됩니다. 모든 글의 뒤에는 기나긴 역사가 있습니다. 심지어는 저의 충동, 경계를 넘어 여백을 침범하고픈 욕망, 글쓰기를 향한 갈망까지도 과거에 일어났고, 미래에도 계속될 폭발의 일부일 뿐입니다.

그렇기에 작가로서의 저의 '자아'에 관해 말할 때면 반드시 다독가로서의 자아도 언급해야 할 것입니다(때로는 매우 산만하고, 위선적인 독서법이었다

할지라도요). 제가 읽은 모든 책 속에는 다른 수많은 글이 포함되어 있다는 사실을 잊어서는 안 됩니다. 저는 그런 사실을 의식적·무의식적으로 깨달았습니다. 다시 말하자면 자신의 기쁨, 상처, 세계관에 관해 글을 쓴다는 것은 결국 다른 사람이 이미 쓴 글을 사용한다는 것을 의미한다는 겁니다. 우리가 쓰는 글은 의도적이거나 우연한 만남 혹은 충돌로 인해 빚어진 좋고 나쁜 결과입니다.

글 쓰는 '자아'가 저지르기 쉬운 가장 심각한 실수는 로빈슨 크루소의 오류를 범하는 것입니다. 그것은 지나치게 순진한 생각입니다. 로빈슨 크루소의 오류란 무인도 생활에 만족한 로빈슨 크루소가 자신의 성공에 우쭐해져서 배에서 가지고 나온 온갖 잡동사니가 섬에서 자리를 잡는 데 아무런 도움이 되지 않았다는 착각에 빠지는 것을 말합니다. 호머가 자신의 작품들이 구전으로 전해져 온 이야기들을 바탕으로 완성되었다는 사실을 부정하는 것도 그와 비슷한 실수죠. 작가는 '실제 삶'을 사는 것이 아니라 다시 만드는 사람입니다. 그 사실을 깨닫고도, '실제 삶'을 제대로 표현할 방법을 필사적으로 찾지 않는다면 그는 비겁한 작가일 것입니다.

그러니 글은 일종의 우리cage입니다. 첫 문장을 쓰는 순간, 작가는 그 우리 속에 제 발로 들어가는 것입니다. 작가들에게 이 문제는 오랜 고뇌의 대상이었습니다. 글쓰기에 헌신적이고 열심히 노력하는 사람들일수록 더 그러했습니다.

예컨대 잉게보르크 바흐만*은 평생 '진실을 말하기 위해' 노력해야 한다고 강조했습니다. 그녀는 프랑크푸르트에서 한 일련의 강의(1959-60)에서 글 쓰는 자아의 다중성(4차 강연 제목이 '글쓰는 자아'였습니다)과 거짓된 글쓰기의 위험성을 이야기했습니다. 그녀의 강연은 지금도 문학을 사랑하는 이라면

---

* Ingeborg Bachman(1926-73): 오스트리아의 여성 시인. 제2차 세계대전 후에 젊은 작가들이 만든 '그룹 47'의 회원이었으며, 1953년 '그룹 47'의 문학상을 받았다.

꼭 들어야 할 내용입니다. 저는 그녀가 다섯 번째 강연에서 이야기한 규칙이 매우 중요하다고 생각합니다.

우리는 아직 한 번도 (우리의 작품 세계를) 지배하지는 못했지만, 우리의 직관을 지배하고 우리가 닮기 위해 모방하고 있는 언어에 도달하기 위해 상속받은 나쁜 언어로 열심히 연습해야 합니다.

다음 인용문으로 넘어가기 전에 '나쁜 언어로 열심히 연습해야 한다'라는 표현에 방점을 찍고 싶습니다. 다음에 들려드릴 부분 역시 그녀의 다른 글과 마찬가지로, 매우 인상 깊게 읽어서 제가 자주 인용하는 내용입니다. 1955년 인터뷰에서, 바흐만은 복잡하고 추상적인 현대 시의 언어에 관한 질문에 다음과 같이 대답합니다.

이제는 에두아르트 뫼리케나 괴테가 사용한 과거

의 이미지들은 사용할 수도 없고, 사용해서도 안 된
다고 생각합니다. 우리가 그런 언어를 사용하면 거짓
되게 들리니까요. 우리는 진실한 문장을 찾아내야 합
니다. 우리의 의식과 변화한 세상에 부합하는 그런
문장 말입니다.

이 문장에 나오는 내용을 잘 들어보십시오. 변화
하는 세계가 가하는 압력이 있습니다. 그러한 변화
를 감지하는 의식이 있습니다. 권력을 요구하는 언
어가 있습니다. 그러한 언어를 인지하고, 이를 실제
문장으로 변환하려는 글 쓰는 자아가 있습니다. 하
지만 과거의 이미지들과 나쁜 언어를 완전히 도외
시할 수는 없습니다. 그것들이 바로 우리 눈앞에 있
기 때문입니다. 실제로 존재하기 때문입니다.

그렇다면 우리는 새로운 이미지와 좋은 언어를
어디에서 취해야 할까요? 존재하지 않는 것을 얻기
위해서 우리는 이미 존재하는 글을 바탕으로 작업
할 수밖에 없습니다(뫼리케나 괴테와 같은 거장의 글

을 우리가 사용하면 거짓으로 느껴지더라도 말입니다).
그렇다면 대체 어떤 식으로 작업해야 할까요? 바흐
만의 제1차 프랑크푸르트 강연의 마지막 부분을 들
어보죠.

가끔 일반인이 훌륭한 시를 쓰기도 합니다. 어느
정도 수준 이상의 이야기, 영리하고 매력적인 소설을
발견할 가능성은 얼마든지 있습니다. 재능 있는 인재
가 부족했던 적은 없습니다. 그건 요즘도 마찬가지
죠. 요행, 특이함, 비주류에 속하는 일탈적인 작품들
을 개인적으로 좋아할 수도 있습니다. 하지만 일정한
방향성, 일관적인 문제의식, 언어·인물·사건들로 구
성된 독창적이고 고유한 세계관이 없으면 꼭 필요한
시인이 될 수 없습니다.

그렇습니다. 이는 비극적일 정도로 사실입니다.
누구나 외부의 자극을 소재로 괜찮은 글을 쓸 수 있
습니다. 하지만 꼭 필요한 시인이 되기 위해서는 작

품 속에 언어·인물·사건들로 구성된, 누구든 바로 알아볼 수 있는 독창적인 세계가 있어야 합니다. 물론 나쁜 언어와 상속받은 거짓된 말을 사용해서 진짜 세계를 훌륭하게 만들어낼 수도 있을 겁니다.

하지만 그러한 세계의 기초가 언제 자리 잡고, 어떻게 발전되었는지 말하기는 어렵습니다. 이 문제에 관해서는 세월이 흐르면서 제 생각도 계속 바뀌었지만, 글을 쓰는 데 있어서 상속받은 언어가 얼마나 중요한지에 관한 제 신념은 변한 적이 없습니다. 좋건 싫건 작가의 '자아'는 이를 바탕으로 형성된 것이니까요.

'나쁜 언어' 속에서 선물과도 같은 좋은 단어를 집어내는 우연을 과소평가한 적도 없습니다. 바흐만과 마찬가지로 저 역시 평범한 사람이 쓴 아름다운 시, 잘 만든 이야기, 재미있고 영리한 소설과 꼭 필요한 작가의 작품을 구분할 필요가 있다고 생각합니다. 문학의 미래가 달린 근본적인 차이이기 때문입니다. 하지만 저는 평범한 작가와 비범한 작가의 출발점은 같다고 생각하는 편입니다. 모든 문학 작품에는 그 작품만의 성당과 교구와 어두운 구석에 성상을 안치하는 감실이 있죠.

두 번째로 (주머니를 뒤적이다 아무 단어나 꺼내드는) 우연의 영향은 대작이나 범작이나 크게 다르지 않다고 생각합니다. 진정성 있는 문장들은, 그것이 일반적인 좋은 문장이든, 역사의 한 획을 그을 만한 획기적인 문장이든, 언제나 기존의 진부한 문장에서 탄생합니다. 물론 그 진부한 문장 역시 처음에는 진정성을 담은 독창적인 문장이었겠죠. 평작과 대작으로 이루어진 기나긴 사슬을 잇는 크고 작은 고리들은 각각 힘겨운 노력과 우연한 영감, 노고와 행운의 산물입니다. 다마스커스로 가는 길*은 계시의 길이 아니었습니다. 여느 길과 다름없는 평범한 길을 땀을 뻘뻘 흘리며 악착같이 걷다 보니 우연히 다른 길을 발견한 거죠.

* 사도 바울이 그리스도 교도들을 탄압하기 위해 떠났다가 예수를 만난 길.

그런데 문학 작품을 쓰려면 반드시 문학의 대전통 속에 편입할 수밖에 없는 걸까요? 그렇습니다. 다른 글에서 받은 영향으로부터 글을 완전히 분리할 수는 없습니다. 모든 글의 배경에는 다른 이의 글이 있습니다. 꽤 잘 쓴 소품이든, 새로운 방향성을 제시하고 언어·인물·사건으로 구성된 독창적인 세계를 담고 있는 위대한 작품이든 다 마찬가지죠.

남성 작가의 자아도 이러한 영향을 받겠지만, 여성 작가의 자아는 더욱 그렇습니다. 글을 쓰고자 하는 여성은 자신의 성장에 자양분이 되어주었고, 자신을 표현하고자 하는 소망과 표현할 수 있는 능력의 바탕이 되어준 문학적 유산이 본질적으로 남성의 것이며, 진정한 여성의 글은 제시하지 않는다는 현실을 마주할 수밖에 없습니다. 여섯 살 이후 작가로서의 제 자아는 남성의 글을 보편적인 것으로 생각하고 소비했으며, 저의 작가 본능 역시 남성 문학에 기원을 두고 있습니다.

그뿐만이 아닙니다. 남성의 글을 자양분 삼아 성장한 여성의 '자아'는 정작 자신은 여성만을 위한 글, 여성에게 어울리는 글을 써야 한다는 사실을 받아들여야 했습니다. 하지만 남자들은 여성 작가의 글을 여자들만 읽는 글이라고 생각하고 하찮게 여겼습니다.

제가 만난 교양 있는 남성 중에는 엘사 모란테,* 나탈리아 긴츠부르그,** 안나 마리아 오르테세***뿐 아니라, 심지어는 제인 오스틴, 브론테 자매, 버지니아 울프의 작품마저 한 번도 읽지 않은 사람이 많았습니다. 저까지도 십 대에 어떻게든 여성 문학이라는 한계에서 벗어나려 했습니다. 그보다 야망이 컸

---

* Elsa Morante(1912-85): 이탈리아의 여성 시인 겸 소설가. 소설가 모라비아의 아내이며 미국에 번역 출판된 『아르투노의 섬』을 비롯하여 『역사』 등의 소설과 단편집, 시집으로 성공을 거두었다.

** Natalia Ginzbrug(1916-91): 이탈리아의 인기 여성 소설가. 반파시스트 운동의 리더이며 러시아 문학가 레오네 긴츠부르그의 아내다. 대표작은 『어느 가족의 회화』다.

*** Anna Maria Ortese(1914-98): 이탈리아 여성 작가로 수많은 장·단편 소설과 시를 썼다. 1967년 스트레가상을 수상했다.

으니까요.

제가 말씀드리고 싶은 것은 우리의 '자아', 더 정확히 말하면 여성 작가로서의 자아는 그동안 험난한 길을 걸어왔다는 겁니다. 지금도 여성은 작가로서 인정받기 위해 부단히 노력하고 있지만, 과연 그 꿈이 언제 이루어질지는 알 수 없습니다. 여성은 글을 쓰려고 하는 순간, 지금까지 열거한 글쓰기에 관한 수많은 문제 외에도, 여성의 진실을 바닥까지 파헤친 글이 채 한 페이지도 되지 않는다는 사실을 깨달을 것입니다. 글솜씨가 세련되었건 투박하건 말입니다. 대부분 작가는 여성의 진실 앞에 침묵합니다.

여성 작가는 머릿속에 미처 다 담지 못할 정도로 생각이 많기에, 이를 담을 수 있는 특별한 용기가 필요하지만, 그런 용기를 찾기는 쉽지 않습니다. 하지만 운이 좋으면 자신에게 딱 맞는 하나뿐인 용기를 찾을 수도 있죠.

멕시코 여성 시인 마리아 구에라는 이렇게 말합니다.

잃어버리고 말았네. 시를.

글로 써서

종이 위에 옮겨 놓았건만.

책의 형태를 부여하려 했지만

헛된 노력이었을 뿐.

그것은 바람의 부름을 받은

시였다네.*

작가는 글을 쓸 때마다 이와 비슷한 일을 겪습니다. 이 시에서 마리아 구에라는 말이 '책의 형태를 갖출' 준비를 마쳤지만, 형식 속에 머무르지 못하고, 결국 여백을 넘어 바람에 흩어지고 말았다고 합니다.

어렸을 때부터 저는 정말 이런 느낌을 많이 받았습니다. 사춘기 때만 해도 의욕이 넘쳐서 과장되게 행동하곤 했습니다. 단순히 글쓰기만 그런 것이 아

---

* Maria Guerra(마리아 구에라), *Vocazione di vento Condividi* (『바람의 부름』), Fahrenheit 451, 2000.

니었습니다. 말을 할 때도 저는 여성의 담론 속에 갇혀 있었습니다. 남자들과 대화할 때도 여자다운 말투로, 여자가 해도 될 법한 말만 해야 했습니다. 여자들끼리 장난칠 때만 역겹다면서 남성들의 전유물처럼 여겨지는 음란한 표현을 입에 담았습니다. 그 외의 경우 여성은 침묵해야 했습니다. 여성은 단 한 번도 충분히 자기표현을 하지 못했습니다.

여성의 목소리를 내려고 라디오나 텔레비전에 나오는 어색한 구어체를 구사해보기도 했지만 소용이 없었습니다. 사투리도 별 도움이 되지 못했습니다. 어딘지 어울리지 않고 불편하게 느껴졌습니다.

저는 특히 사투리가 힘들었습니다. 이탈리아어 표준어로 쓴 글에서 느껴지는 진실 이상의 것을 사투리에 담을 수 있다는 확신을 하지 못했습니다. 이탈로 스베보는 제노 코시니의 입을 빌려 토스카나어를 기반으로 한 이탈리아 표준어로 털어놓은 고백은 죄다 거짓이라고 했습니다. 그는 트리에스테 방언으로 써야 글에 진정성이 생긴다고 믿었습니다.

저 역시 오랫동안 스베보의 말처럼 글을 쓸 때 사투리를 사용하려고 부단히 노력했습니다. 저는 제 고향 나폴리를 사랑합니다. 사투리를 빼놓고 나폴리를 이야기하는 것이 불가능하게 느껴졌죠. 『성가신 사랑』과 심지어는 『나의 눈부신 친구』도 사투리로 집필한 부분이 있었습니다. 하지만 나중에 사투리로 쓴 부분을 완전히 삭제해버리거나, 나폴리 사투리 뉘앙스만 조금 살려서 표준어로 바꿔 썼습니다. 사투리의 표현과 문법이 문자화되는 순간 표준어보다 더 거짓되게 들렸기 때문입니다.

말을 문자화하려면 구어를 효율적으로 모방해야 하는데, 제 귀에는 사투리가 오히려 현실성이 떨어지는 것 같았습니다. 게다가 나폴리 사투리는 문자화하는 순간 무미건조해지는 것 같았습니다. 사투리 특유의 열정과 애정, 제가 자주 느꼈던 위협적인 뉘앙스마저 사라져버렸습니다.

유년 시절과 사춘기 시절, 제게 나폴리 사투리는

매우 거칠고 상스러운 남성의 언어였습니다. 길 가는 여인을 불러 세우는 폭력의 언어이자, 여인을 유혹하는 끈적한 언어였습니다. 물론 이는 모두 제가 겪었던 불쾌한 상황들로 인해 형성된 개인적인 느낌일 뿐입니다.

시간이 갈수록 저는 글을 쓰면서 사투리를 효율적으로 사용하려면 전형적인 리얼리즘 기법보다는 작품 기저에 깔린 흐름으로써 사용하는 것이 낫다는 사실을 깨달았습니다. 미묘한 뉘앙스를 넣거나, 해석을 달거나, 갑작스러운 외설적인 표현으로 문맥을 끊을 때 효과적이라는 사실을 깨달았습니다.

가장 힘든 도전은(이 부분에 대해서는 예나 지금이나 제 생각에 변함이 없습니다) 자신을 가둔 우리를 자유롭게 사용하는 방법을 배우는 것입니다. 하지만 이는 매우 고통스럽고 모순적인 일입니다. 어떻게 우리를 자유롭게 사용한단 말입니까? 여기서 우리는 견고한 문학 장르일 수도 있고, 기존에 통용되던 표현들일 수도 있고 사투리처럼 언어 그 자체일 수도 있습니다.

저는 그 대답을 형식에 적응함과 동시에 이를 해체하는 스타인의 글에서 찾았습니다. 예컨대 거리를 유지하는 것은 좋습니다. 하지만 거리두기의 궁극적인 목적은 더 가까이 다가가기 위함이어야 합니다. 감정을 자제하는 것은 좋습니다. 하지만 그 궁극적인 목적은 감정의 분출이어야 합니다. 일관성을 유지하는 것은 좋습니다. 하지만 그 목적은 결국 일관성을 깨뜨리기 위합니다. 말과 의미 사이의 괴리가 없는 잘 다듬은 초안을 작성하는 것은 좋습니다. 하지만 글의 거친 매력은 남겨두어야 합니다. 뻔한 예상으로 가득한 장르적 기법을 과다하게 사용해도 좋습니다. 하지만 그 궁극적인 목적은 독자의 예상을 벗어나는 것이어야 합니다. 다시 말하면 작가는 형식이라는 틀 안에서 글을 써야 하지만, 자신을 온전히 담지 못하거나 혹은 전혀 담아내지 못할 경우, 그 형식을 완전히 변형시킬 수 있어야 합니다.

제게는 방대한 문학 사전에 실린 화려한 미사여

구로 장식된 거짓말들이 서로 충돌하며 돌출부와 틈을 드러내는 것이 효과적으로 보였습니다. 저는 이 과정을 거쳐 예상치 못했던 진실이 수면 위에 떠올라, 독자 이 전에 저부터 놀라게 해주기를 바랐습니다.

제 최근 두 작품 『나의 눈부신 친구』와 『어른들의 거짓된 삶』을 집필할 때 저는 이런 식으로 작업했습니다. 그 작품들이 성공작인지는 잘 모르겠습니다. 제 어떤 작품에 대해서도 스스로 성공 여부를 판단할 수는 없습니다. 대신 그 두 작품에서 서사와 여성 서사가 그 전에 쓴 세 작품보다 더 중심에 위치하는 것만은 확실합니다.

'나쁜 사랑 3부작' 주인공들은 자신을 위해 글을 썼습니다. 그녀들은 자신의 은밀한 상처를 표현하기 위해 자서전, 일기, 고백 형태로 글을 남겼습니다. 하지만 일인칭 화자에게 친구가 생긴 후부터는 자신을 위해 세상과의 교류를 기록하는 것에 국한

하지 않게 되었습니다. 동일화와 타자화라는 복잡한 상호 작용 가운데 다른 여성들에게 이야기를 들려주고, 본인 역시 그들의 입을 통해 이야기되기 위해서 글을 쓰게 되었습니다.

'나폴리 4부작'에서 저는 의도적으로 글쓰기에 관한 이야기(레누의 글, 릴라의 글, 그리고 작가인 제 글까지)를 두 친구의 만남과 충돌, 그녀들의 삶 전체를 관통하는 중심축으로 설정하고, 그와 함께 그녀들이 살아가는 시대를 소설 속 세계에서 이야기했습니다.

작품의 방향을 이런 식으로 정한 이유는, 근래 들어 모든 서사는 서사에 형태를 부여하는 글쓰기 과정을 담아야 한다는 확신이 생겼기 때문입니다. 그래서 저는 어린 시절 독서와 글쓰기를 통해 자신들을 둘러싼 암울한 세상을 통제하려 했던 두 주인공의 이야기를 바탕으로 이야기의 구조를 만들기로 했습니다.

『나의 눈부신 친구』에서 릴라와 레누는 카모라인

돈 아킬레가 준 더러운 돈으로 태어나서 처음으로 책을 삽니다. 릴라와 레누가 함께 그 책을 읽고 난 후 힘을 합해 책을 써서 강해지고 부자가 되자고 다짐합니다. 하지만 릴라는 레누와의 약속을 깨고 혼자서 동화를 씁니다. 동화를 읽은 레누는 릴라의 글에 매혹되어 평생 그 글을 자신의 것으로 만들려고 노력하죠.

저는 이미 두 가지 종류의 글에 관해 이야기했습니다. '성실한 글'과 '여백을 침범하는 글' 말입니다. 제게는 두 종류의 글이 모두 매우 익숙합니다. 비록 아직 두 가지 작법을 자유자재로 다루지는 못하지만 말입니다. 앞서 카바레로의 책에 나오는 에밀리아와 아말리아의 일화, 토클라스와 스타인, 디킨슨, 바흐만의 의견을 들려드렸습니다. 시간상 말씀드리지 못한 다른 글도 많고요. 그 모든 글이 릴라의 충동적인 글을 자신의 성실한 글에 담아내고 싶어 하는 레누와 그런 레누를 자극하고, 그녀의 인격을 형성하고, 더 많은 것을 요구하는 릴라를 창조하는 데

도움을 주었습니다.

소설에서 글을 쓰고 책을 출판하는 것은 레누의 자아입니다. 『나의 눈부신 친구』의 마지막 장까지 릴라의 경이로운 글은 한 번도 등장하지 않습니다. 독자들은 레누의 설명이나 레누의 글을 통해 릴라의 글을 살짝 엿볼 뿐입니다. 『나의 눈부신 친구』를 집필하던 중에 '릴라의 편지나 공책에 쓴 내용을 지어내야겠다'라고 생각한 적도 있습니다. 하지만 그렇게 하는 것은 레누의 반항적인 열등감과 어울리지 않는 것 같았습니다.

소설 속 레누는 자신이 독립적인 주체가 되어야 한다는 생각에 사로잡혀 릴라의 힘을 빼앗아 릴라를 흡수하고자 하면서도, 이와 동시에 릴라를 흡수함으로써 릴라에게 더 큰 힘을 부여하려는, 복잡하고 모순적인 목표를 이루려 합니다. 그런데 실제로 릴라의 글을 보여주는 것은 이러한 레누라는 인물의 설정과도 일관되지 않게 느껴졌습니다.

게다가 나중에는 (작품 진도를 상당히 나간 후에야

든 생각인데) 이런 생각까지 들었습니다. 레누와 함께 글을 쓰고 있는 작가인 내가 과연 릴라의 글을 쓸 수 있을까? 애초에 내가 릴라의 글이 놀라울 만큼 뛰어나다는 설정을 만들어낸 이유는 작가로서 나의 부족함을 표현하기 위해서가 아니었던가.

원고 초안에는 릴라가 레누의 컴퓨터에 접속해서 자신과 레누의 글을 뒤섞어 놓으며, 레누의 글을 고치는 장면이 있었습니다. 실제로 레누의 성실한 글이 릴라의 통제 불가능한 글에 녹아들고, 두 글이 서로 뒤섞이면서 변화하는 과정을 몇 페이지에 걸쳐 묘사하기까지 했습니다. 하지만 그 과정이 너무나 인위적이고 부적절하게 느껴져 결국 일부 설정만 남겨놓고 삭제해버렸습니다.

만약 제가 그런 방향으로 이야기를 전개했다면, 그러니까 릴라와의 협업을 통해 레누의 글이 점점 변하는 과정을 그렸더라면, 이야기의 얼개를 완전히 바꿔야 했을 겁니다. 저는 애초부터 릴라가 레누가 함께 책을 쓰자는 약속을 지키지 않음으로써 레누가 운 좋게 성공하는 데 그치는 것으로 이야기를 설정했습니다. 스타인의 관점에서 본 헤밍웨이의 작품, 바흐만이 평범한 사람의 작품이라고 했던 글, 작가로서 경력을 이어나가기 위해서 쓴 글 그 이상도 그 이하도 아닌 글 말입니다.

레누의 글은 그래야 했습니다. 레누는 작가로서 성공하지만, 진정한 만족감은 얻을 수 없었습니다. 레누는 릴라가 자신의 작품을 좋아하지 않는다는 사실을 알고 있습니다. 자신이 쓴 글의 여백을 릴라의 글로 메우고 있다는 사실을 알고 있습니다. 릴라와는 달리 혼자서는 절대로 나쁜 언어와 거짓된 낡은 이미지에서 벗어나지 못할 것을 알고 있습니다.

이러한 상황에서 두 주인공의 글이 융합하고 뒤섞이는 장면을 삽입한다는 것은 어른이 되어 자신들의 삶을 담은 마지막 책을 함께 씀으로써 어린 시절 이루지 못했던 공동 집필의 꿈을 이룬다는 해피엔딩으로 작품을 마무리해야 한다는 사실을 의미했습니다. 하지만 그것은 저로서는 도저히 받아들일

수 없는 결말이었습니다. 『나의 눈부신 친구』를 집
필할 때만 해도 그런 결말은 생각조차 할 수 없었습
니다.

하지만 최근에는 제 생각이 변했습니다. 『어른들
의 거짓된 삶』을 준비하면서, 오늘 강연을 시작하기
전에 들려드렸던 에밀리 디킨슨의 시를 다시 읽어
보았는데, 지금껏 아주 중요한 부분을 놓치고 있었
다는 사실을 깨달았습니다.

다시 한번 들어보시죠.

역사적으로 마녀의 마술은 목매달렸지.
하지만 역사와 나는
우리에게 필요한 모든 마술을
매일같이 우리 주변에서 발견하지.

어떤 부분을 놓쳤을까요? 저는 '역사'와 '나'가
'우리'와 '우리 주변'이라는 공간을 만들었다는 사

실에 주목하지 못했습니다. 디킨슨의 시에서 영감을 받았으면서, 정작 『나의 눈부신 친구』에는 이러한 사실을 반영하지 못했습니다. '나폴리 4부작'은 격변하는 역사와 수많은 여성 등장인물과 그들의 사연 속에서 서사의 끈이 끊기지 않게 **너와 나의 관계**에 의지했습니다. 물론 '나쁜 사랑 시리즈'의 봉인된 '자아'들에 비하면 릴라와 레누가 서로에게 여성으로서의 자신의 정체성을 이입하는 것*(실제 단테가 쓴 표현은 아니지만 다분히 단테적인 표현이죠)만 해도 대단한 발전이었습니다.

하지만 이제 와서 다시 읽어보니 또 다른 한계가 눈에 들어왔습니다. 릴라와 레누의 원죄는 혼자서 해낼 수 있다는 믿음이었습니다. 릴라는 어렸을 때, 레누는 성인이 되어서 혼자서도 해낼 수 있다고 믿

---

* 페란테는 여기에서 서로의 여성 자아에게 자신의 정체성을 이입하는 행위를 의미하는 'inleiarsi'라는 단어를 만들어 사용했다.

었습니다. 나쁜 언어에서 소소한 범작을 뽑아내는 이와 대체 불가한 대작을 탄생시키는 작가를 구분해야 한다는 고정관념에 사로잡혀, 레누는 결국 자기 작품의 결핍과 유한성을 받아들이고(게다가 다른 사람도 아닌 자기 딸들의 지적으로 인해), 릴라는 단 한 권의 책도 출간하지 않고 영원한 도피를 떠납니다.

하지만 『어른들의 거짓된 삶』에서 저는 새로운 시도를 했습니다. 저는 글을 쓰는 여성 화자의 정체가 모호한 이야기를 구상했습니다. 즉, 조반나 자신을 포함한 소설의 모든 등장인물이 조반나인 척할 수 있다는 이야기입니다. 원래 『어른들의 거짓된 삶』은 거짓과 진실을 쉴 새 없이 오가는 긴 이야기였습니다. 원제도 달랐습니다. 작품에 등장하는 대다수 여성의 상황을 요약하는 '과부 신세'widowhood 였죠.

저 역시, 작가로서 소설에 직접 등장하려 했습니다. 글쓰기의 어려움과 다양한 정보의 출처들, 서사상 일관성 없는 부분, 비슷한 듯하지만 충돌하는 감정, 높고 낮은 글의 수준 차이를 조율하기 위한 노력을 이야기하기 위해서 말입니다. 하지만 도저히 끝나지 않을 것 같은 초안을 다 쓰기도 전에 저는 진이 빠지고 말았습니다. 이야기라고 부를 수조차 없는 실타래처럼 엉클어진 생각 속에서, 소설 끄집어내기가 불가능할 것 같았습니다. 『어른들의 거짓된 삶』의 서문격인 1권은 이미 출간되었으니, 그 외 이야기는 자제하겠습니다. 솔직히 말씀드리면 저는 그 작품은 제 설명 없이 혼자서도 잘 살아남을 거라고 생각합니다.

지금은 여성 문학이 성공하고, 진정성을 인정받고 싶다면, 우리 모두의 노력이 필요하다고 생각하게 되었습니다. 그러기 위해서는 앞으로 꽤 오랫동안 범작을 쓰는 작가와 꼭 필요한 새로운 언어의 우주를 만들어내는 작가를 구분해서는 안 될 것입니다. 여성의 진실을 무시하는 나쁜 언어에 맞서, 우리의 재능을 융합하고 뒤섞어야 합니다. 단 한 문장도 바람에 실려 사라지게 놔두면 안 됩니다. 우리는 실제로 그렇게 할 수 있습니다. 그런 의미에서 오늘 강연의 출발점인 디킨슨의 시를 한 번 더 읽어보겠습니다.

> 역사적으로 마녀의 마술은 목매달렸지.
> 하지만 역사와 나는
> 우리에게 필요한 모든 마술을
> 매일같이 우리 주변에서 발견하지.

저는 단지 여성인 '나'를 '역사'와 연결하는 것만으로도 역사를 바꿀 수 있다고 믿습니다. 첫 행에 나오는 역사, 마녀의 마술을 목매다는 역사는 (매우 중요한 부분이니 주목하십시오) 우리 주변에 필요한 모든 마술, 그러니까 매일 주변에서 우리에게 필요한 마술을 발견하게 해주는 두 번째 행에 나오는 역사가 아니고 앞으로도 그러한 사실에는 변함이 없을 것입니다.

단테의 갈비뼈

마리아 코르티*는 1996년에 출간된 수필집에서 (고등학교 이후 잊고 있었던 단테를 다시 찾게 된 것도 모두 그녀 덕분입니다) 다분히 냉소적으로 단테의 작품에 관한 에우제니오 몬탈레**의 학식과 "당시 작가들 사이에 유행하던 딜레탕티슴*** 혹은 전투적인 즉흥 문학의 부재"를 확실하게 구분 지었습니다.

그녀는 "물론 뛰어난 측면도 있지만, 이러한 풍조로 인해 당시 작가들은 한두 개의 문헌을 대충 뒤져

* Maria Corti(1915-2002): 이탈리아 철학가, 문학 비평가, 작가.
** Eugenio Montale(1896-1981): 이탈리아 시인.
*** 예술이나 학문에서 하나의 정립된 입장을 취하지 않고 다만 이것저것을 즐기는 태도.

서 글을 써놓고, 자기 작품의 문화적 처녀성을 확신했다"라고 했습니다.

저는 그녀의 말에 전적으로 동의합니다. 그런데 저는 코르티가 55년 전에 작가 지망생들에게 했던 말을 왜 굳이 지금 다시 꺼내는 걸까요?

아마도 사랑 때문일 겁니다. 십 대 시절 처음 단테와 그의 친구들의 시를 읽었을 때 마음속 깊숙이 자리 잡은 사랑 때문일 것입니다. 그것은 두려움, 떨림, 심지어는 불안과 공포가 뒤섞인 감정이었습니다. 불과 열여섯에 저는 사랑이 고통이라는 사실을 깨달았습니다. 사랑에 빠지는 순간 위험에 노출된다는 것을 알았습니다. 그것은 임박한 죽음에 대한 두려움이 아니라, 사랑이 가진 고유의 특성 때문에 생긴 두려움이었습니다. 삶의 의지를 고조시킴과 동시에 허탈하게 만들고, 굴욕감을 주는 사랑의 힘이 초래하는 두려움이었습니다.

하지만 사랑 없이는 타인과 인사를 나눌 수도 없고, 땅에서와 마찬가지로 하늘에서도 구원받을 수 없다는 사실도 저는 잘 알고 있었습니다. 그렇기에 위험에 노출되는 것도 감수할 수밖에 없는 것이죠.

제가 이 글을 쓰게 된 가장 큰 이유는 단테의 글을 사랑하지만, 동시에 그의 글이 가진 힘에 압도되었다는 사실을 인정하기 위해서입니다. 코르티가 응당히 요구했던 것처럼 단테에 관해 깊게 연구해 본 적도 없으면서 단테를 향한 사랑을 파고들려니 두렵기도 합니다. 그래서 저는 그 어느 때보다 글쓰기의 열망이 강했던 고등학교와 대학 시절에 단테의 작품에서 취해, 수많은 오류와 수정을 거쳐 온전히 나의 것으로 만들었던 두세 가지 깨달음을 중심으로 글을 전개하려 합니다.

저는 50년 전에 단테에 대해서 이렇게 배웠습니다.

"단테 작품의 뿌리는 프로방스 학파와 시칠리아 학파와 토스카나 시인들에게 있다. 그는 이들을 기반으로 자신만의 새로운 스타일을 만들었는데, 여기에 거의 무의식적으로 세련된 문학을 추구하는 도시국가 지배층의 취향을 반영했다. 단테는 성실한 학자였으며, 그리스도를 인간사의 중심에 놓는 현명한 시인이자 철학자로 인정받았다. 마지막으로 단테는 아리스토텔레스적인 이성주의를 바탕으로 '희곡'이라는 경이로운 건축물을 구축했으며, 『신곡』의 마지막 장에 약간의 신비주의를 가미해 다양성을 부여했다."

학창 시절 공식처럼 열심히 외웠던 이 내용을, 저는 아직도 필요할 때마다 몇 가지 새로운 정보를 덧붙여서 다시 활용하곤 합니다. 하지만 (평범한 학생이 아닌 열성적인 다독가이자 풋풋한 작가 지망생이었던) 소녀 시절, 단테의 글에서 가장 인상 깊었던 점들을 열거할 때, 가장 먼저 떠오르는 건 글쓰기라는 행위에 관한 단테의 집착입니다. 그는 글쓰기의 강점과 약점, 반복되는 성공과 실패를 직접적 혹은 비유적으로 끊임없이 묘사합니다.

저는 특히 실패한 글에 관한 단테의 표현에 마음

이 이끌렸습니다. 제가 보기에 단테는 성공적인 글조차 궁극적으로는 인간의 경험을 알파벳 속에 가두는 행위이므로 쉽게 실망을 불러일으킬 수밖에 없다고 생각하는 듯했습니다. 여기서 당시 공책에 적어두었던 수많은 인용문을 일일이 언급하지는 않겠습니다. 하지만 고등학생 시절 처음으로 단테를 읽었을 때 보나준타*라는 인물에게 느꼈던 연민의 감정에 관해서는 이야기할 필요가 있습니다. 저는 「연옥」 제24곡에서 단테가 보나준타의 입을 통해 들려주는 이야기를 듣고 감동했습니다.

> 아, 형제여! 이제 알겠소. 공증인과 구이토네 같은
> 시인들을 가둔 매듭이 이제 내가 듣는 당신의
> 이 감미롭고 새로운 문체의 시에서 풀리는군요.
> 이제 당신네들이 날개가 그 불러주는 이의 뒤를 바

---

* Bonagiunta(1220-90): 당대의 이름난 이탈리아 시인. 그의 시는 대체로 쉬웠고 그 때문에 단테는 그의 시를 두고 '사무적인 언어'라고 비판했다.

짝 쫓아

어떻게 날아가는지 분명히 알겠소.

그것은 우리로서는 전혀 할 수 없는 것이지요.

스스로 깊이 따지면 누구라도

이 문체와 저 문체의 차이를 보지 못할 거요.*

저는 보나준타가 서글픈 어조로 자신의 무능을 인정하는 "이제 알겠소" 부분에 신경이 쓰였습니다. 그는 이렇게 말하고 있는 듯합니다.

'나는 이제야 넘어야 할 장애물이 있었음을 깨달았지만, 단테 당신은 당신의 글로 이미 그 장애물을 넘었다오. 그렇지만 공증인,** 구이토네***와 나는

---

* 단테 알리기에리, 박상진 옮김, 『신곡: 연옥편』, 민음사, 2007, 213쪽.
** 시칠리아 학파의 대표적인 시인 자코모 다 렌티니Giacomo da Lentini를 가리킨다.
*** Guittone d'Arezzo(1235-94): 초기 시칠리아 학파의 시들에 깊은 관심을 기울였던 아레초 출신의 시인.

실패하고 말았소.'

　그렇다면 왜 어떤 이는 장애물을 넘고, 어떤 이는 실패하는 것일까요? 잘못된 영감 때문에? 감정이 무뎌서? 동시대에 관한 이해력과 지성이 부족해서? 아닙니다. 제가 놀랍게 생각한 부분은 보나준타가 글쓰기의 성패 여부를 속도 문제로 본다는 사실이었습니다.

　저는 그 부분을 읽으면서 초등학생 시절 받아쓰기 시험이 생각났습니다. 선생님이 교단에 서서 큰 소리로 또박또박 책을 읽을 때마다, 선생님이 불러주는 말을 놓쳐서 뒤처질까봐 불안해하곤 했죠(실제로 종종 그런 일이 있었습니다). 마찬가지로 공중인, 구이토네 그리고 보나준타의 잘못은 사랑이 불러주는 영감에 귀를 기울이지 않은 것이 아니라, 그 목소리를 문자로 변형하는 과정이 힘겹고 더뎌서 제 속도를 내지 못한 것이었습니다.

　작가의 꿈을 품은 독자로서, 제가 당시 받았던 강

렬한 느낌은, 그 후 단테의 신비주의적인 측면을 강조하고, 그 배경을 연구했던 몇몇 학자들(마리오 카셀라, 마리아 코르티, 다비데 콜롬보)의 글을 읽으면서 더욱 확고해졌습니다. 저는 펜이 **기록**하고 **의미**를 부여할 수 있도록 사랑이 **영감을 주고 글을 불러준다**는 표현이 한편으로는 시적 선언이지만, 다른 한편으로는 글쓰기의 고충에 관한 해명임을 확신하게 되었습니다.

작가 단테는 실제로 성공과 실패를 동전의 양면처럼 보이게 이야기를 구성했습니다. 감미로운 속삭임이 마음 깊은 곳에서 튀어나와 문자의 형태로 바깥세상으로 나오려면 재능 있고 손 빠른 서기의 도움이 필요합니다. 그 과정이 빠르게 진행되지 않는다면 실패할 수밖에 없습니다.

실제로 보나준타는 "이제 당신네들의 날개가 불러주는 이의 뒤를 바짝 쫓아/어떻게 날아가는지 분명히 알겠소./그것은 우리로서는 전혀 할 수 없는 것이지요"라며 그 사실을 인정하고 있습니다. 『신곡』의 등장인물 단테는 매듭을 풀어내는 법을 알았고 (이탈리아 언어학자 굴리엘모 고르니) 덕분에 사랑이 불러주는 글을 놓치지 않고 재빨리 받아쓸 수 있었습니다. 그런 단테는 자유로운 서기였습니다. 반면에 보나준타는 매듭을 푸는 방법을 모르는 매인 몸이어서, 받아쓰는 속도가 느렸던 것입니다.

그렇다면 손 빠른 서기가 되지 못하게 작가를 구속하는 사슬은 무엇일까요? 이에 대해 단테의 대답은 명확합니다. 그것은 바로 '문체'입니다. 손이 빠르지 못한 서기의 손은 낡은 문체를 받아쓰는 데만 익숙합니다. 공증인과 구이토네와 보나준타가 그랬고, 사실 작가 단테도 마찬가지였습니다. 하지만 단테는 결국 그런 문체에서 벗어났습니다. 낡은 문체는 이미 만족스럽지 못한 도구였으니까요.

사랑이 불러주는 말을 받아 적으려면 조금 더 연마된, 색다른 문체가 필요합니다. 과거의 매듭을 풀려면 '혀가 **거의** 스스로의 충동에 못 이겨 움직이는 것 같은'(이것은 과거 제가 공책에 기록해두었던 단테의 『신생』*Vita Nova*에 나오는 표현입니다) 문체가 필요합니다.

앞서 읽어드린 부분에서 흩어진 부분들을 연결해보니 **거의**라는 표현이 눈에 띄었습니다. 그 어떤 언어도, 그 어떤 글도 저절로 형성되거나 쓰여지지 않습니다. 이 시에서 **거의**의 의미는 아마도 **마치**에 가까울 것입니다. 즉, 서기 역할을 맡은 작가가 열심히 노력해서 말을 글로 옮길 때 그것이 **마치** 내면으로부터 바깥으로 스스로 뛰쳐나가는 것처럼 보이게 만들 수 있을 정도로 능숙해져야 합니다.

새로운 문체가 진정 새롭게 되기 위해서는 낡은 문체의 한계를 파악하고 이를 극복하기 위해 노력해야 합니다. 사랑이 불러주는 단어를 하나도 놓치지 않아야 합니다. 저는 보나준타는 그럴 의지는 충만했지만, 사랑이 불러주는 받아쓰기를 쫓아갈 정도의 학습과 연습이 부족했다고 봅니다.

단테는 달랐습니다. (과거와 미래를 통틀어 가장 위대한 시인이라 할 수 있는) 단테는 글의 부족함을 인식하고, 두려워하고, 이를 극복하려 했습니다. 그것이 제한적이고 유한한 인간 본성의 일면이라 생각했습니다. 새로운 것을 향한 단테의 집착은 그의 초기작에서부터 나타나는데, 이는 모든 글은 다른 글에 구속된다는 단테의 생각에서 기인합니다.

단테는 모든 단어의 이면에는 오랜 전통이 있다고 생각했습니다. 모든 표현에는 다른 새로운 표현이 내포한다고 생각했습니다. 치마부에가 있었기에 조토 같은 인물이 나타날 수 있었다고 생각했습니다. 독학으로든, 학교에서든 다른 이의 글을 읽으며 배워야 한다고 생각했습니다. 운동선수처럼 열심히 연습한 펜일수록 속도가 빨라져서 사랑의 목소리를 쫓아가 전통적인 글이 놓친 내용까지 붙잡을 수 있을 거라고 생각했습니다. 모든 글의 형식은, 지금껏 아무도 쓰지 않은 새로운 글을 쓰고자 하는 야망을 품은 이들에게는 오래가지는 않지만 꼭 필요한 우리라고 생각했습니다.

 이런 면에서 단테의 『희극』*은 오랜 기간 치밀하게 준비한 놀라운 덫 같습니다. 저는 아직도 근 700년 동안 그 어떤 작가도 단테처럼 동시대에 관한 생생하고 학구적인 분석과 그보다 더 철저한 과거 문헌들에 관한 연구를 하지 못했다고 생각합니다. 그리고 그 결과를 이토록 수많은 인간군상의 삶으로 가득 찬 우리 속에 담아낸 이도 없습니다. 이토록 수많은 인물의 삶을 거시적임과 동시에 미시적인 시선으로 바라보는 작품은 없었습니다. 이토록 열렬히 사적이고, 이토록 면밀하게 지역적이면서 보편적인 작품을 쓴 작가는 없을 것입니다. 관대한 누군가는 프루스트를 단테와 비교하기도 합니다. 저 역시 그런 주장을 믿어보려고 해봤지만, 도저

---

 * 『신곡』*La Divina Commedia*의 제목은 단테가 붙인 게 아니라 1555년에 출판업자 루도비코 돌체가 책을 내면서 붙인 제목이다. 단테가 붙인 원제목은 『희극』*Commedia*이었다.

히 받아들일 수 없었습니다.

수십 년 전 처음 단테를 읽었을 때 저는 '동일화'야말로 그가 설정해놓은 가장 놀라운 덫이라고 생각했습니다. 작가 지망생의 필독서를 읽으며 느낀 바 단테의 압도적인 재능은 그 부분에서 가장 돋보였던 것 같습니다. 편의상 보나준타와 단테의 만남을 기준으로 이야기를 계속 풀어나가 보겠습니다.

저는 "내가 바로 그 사람이오"quell'i' mi son un*라는 표현에 가슴이 뛰었습니다. 자신의 작품에 대한 자부심이 느껴지는 표현이었죠. 하지만 불과 두 행 뒤에 보나준타가 자신의 실패를 솔직히 인정하는 부분**에서는 마음이 짠했습니다. 단테는 새로운 문체를 창조했다는 자부심으로 충만합니다. 하지만 보나준타의 모습은 단테의 과거이기도 하죠. 보나준타의 편협함은 단테가 직접 경험한 편협함을 기반

* 『신곡』의 「연옥」 24곡에서 보나준타가 단테에게 '청신체'를 쓴 사람인지 묻는 질문에 단테가 그렇다고 답하는 장면.
** 146쪽에서 언급된 인용구.

으로 합니다. 단테가 묘사하는 보나준타의 실패는 죽을 때까지 만족할 만큼 발전하지 못할지도 모른다는 단테 자신의 두려움을 투영하고 있습니다.

구조적인 한계에도 불구하고, 자전적 자아를 중심으로 다른 인물에게 감정을 이입하는 단테의 뛰어난 역지사지 능력에 저는 감탄했습니다. 단테의 언어는 힘이 넘칩니다. 그의 문체는 축약적이고 화려하죠. 실제로 단테의 문장은 스쳐 지나가는 몸동작으로 대상의 심리 상태를 표현할 정도로 재빠릅니다. 자세 묘사에서도 미세한 감정과 원한이 느껴지죠. 저는 그 비결이 동일화에 있다고 생각합니다.

단테적인 묘사는 절대로 일반적인 묘사가 아닙니다. 어떠한 대상을 묘사할 때면, 그는 장기이식을 하듯 언제나 대상 안에 자신을 이식합니다. 심장이 눈 깜짝할 새 내부에서 외부로 이동합니다. 등장인물들이 몇 마디 안 되는 짧은 문장으로 속사포처럼 빠른 속도로 대화를 주고받을 때면, 상반된 의견들이 정신없이 쏟아져 나옵니다. 내면에서 외부로 도약한 원인은 묘사 대상에 대한 이해입니다. 모든 사물과 생명체, 실수와 두려움에 대한 이해입니다. 그러한 이해가 있어야 동일화가 가능하니까요.

시에서의 동일화의 힘은 너무나 명확해서(시에서 동일화는 화자와 묘사 대상의 거리를 최대한 좁히려는 시인의 참기 힘든 욕구입니다) 시인이자 화자인 단테뿐 아니라, 독자로서 단테를 관찰할 때도 고려해야 할 부분입니다.

학창 시절 저는 이미 단테의 직유법에 매우 감탄했습니다. 하지만 그 후 단테의 작품을 연구할 기회가 몇 번 있었는데, 그 과정에서 단테의 작품에 등장하는 인물들이 다양한 문헌을 기반으로 한다는 사실을 깨달았습니다. 하지만 단테는 자신이 참고한 문헌들을 단순히 베끼거나 기록하는 데 그치지 않았습니다. 겸손한 마음으로 오마주를 바치거나 원문에 충실한 번역을 하는 정도에 머물지 않았습니다. 단테는 이교도의 시, 성경, 철학서, 과학서, 신화를 읽을 때 다른 작가의 언어 깊숙한 곳까지 파고들어가 그 은밀한 뜻과 아름다움을 포착해내고 이를 바탕으로 자신의 글을 썼습니다.

물론 그 결과는 항상 달랐습니다. 때로는 성공적이어서 역사에 남을 만한 작품이 탄생했고, 때로는 그렇지 못했습니다. 비교적 성공적이지 않았던 작품을 살펴보면 마치 원래 영감을 주었던 문헌이 불러주는 내용이 충분하지 못했거나, 단테 스스로 원문에서 중요한 부분을 재빨리 인식하지 못하고 놓친 것처럼 보입니다.

하지만 단테가 다른 이가 쓴 글 안에 들어갔다가 그곳에서 보물을 찾아 나온 후에 쓴 글에서는 엄청난 에너지가 느껴집니다. 이 부분에 관해서는 그 누구도 반박할 수 없을 것입니다. 단테가 쓴 문장 중 유명한 구절이 아니라 다소 두서없고, 모호하게 느껴지는, 때로는 형편없게까지 느껴지는 문장에서도, 그런 힘을 느낄 수 있습니다.

솔직히 말씀드리면, 저는 오히려 후자에 속하는

문장에 더 매료되었습니다. 단테의 경우 혼란과 추함은 그가 모험을 시도했다는 사실을 의미합니다. 『신곡』의 「지옥」, 「연옥」, 「천국」 편에서는 자신의 상상과 능력의 한계를 뛰어넘으려는 단테의 노력이 엿보입니다. 저는 가끔 어떤 부분에서는 명망 높은 학자들의 주석조차 단테의 글을 완벽하게 설명하지 못한다는 생각을 하곤 했습니다.

단테의 작품을 읽으며 한참 동안 머리를 쥐어짜다 보면, 그가 동시대인은 물론 현대인의 미적 감각을 훨씬 앞선다는 생각도 듭니다. 단테에 비하면 저를 포함한 요즘 작가들은 지나치게 신중하게 독서를 하고 글을 씁니다. 그런 면에서 우리는 겁쟁이입니다. 하지만 단테는 다릅니다. 단테는 시를 부정하는 행위마저 시의 소재로 사용하려는 사람이니까요.

예를 들면 단테의 극단적인 동일화의 결과 탄생한 단어 중에 신비로운 광채 속에서 천국의 행복을 상상하는 「천국」 제9곡에 나오는 'inluiarsi'(그의 안에 있다),* 'intuarsi'(네 안에 있다),** 'inmiarsi'(내 안에 있다)***라는 표현이 있습니다.

물론 이는 너무나 대담한 시도였고, 그 단어들이 지금까지 살아남지는 못했습니다. 지금은 단테의 신조어보다는 앞서 사용한 '동일화'immedesimarsi가 보편적으로 사용되죠. 하지만 위 표현에서 저는 작가와 이야기꾼의 가장 큰 욕망을 엿보았습니다. 그것은 바로 자기 자신에게서 자유로워지고 싶은 욕망입니다. 아무런 방해를 받지 않고 다른 이가 되고자 하는 갈망입니다. 나임과 동시에 네가 되고자 하는 욕망입니다. 더는 '타자성'의 방해를 받지 않고 언어와 글이 물 흐르듯 흘러나오는 것입니다.

* 이탈리아어로 '~의 안에'를 의미하는 전치사 'in'과 '그'를 의미하는 대명사 'lui'를 조합해 동사로 만든 단어. 이하의 단어들은 실제로 사용되는 단어는 아니다.

** 이탈리아어로 '~의 안에'를 의미하는 전치사 'in'과 '너'를 의미하는 대명사 'tu'를 조합해 동사로 만든 단어.

*** 이탈리아어로 '~의 안에'를 의미하는 전치사 'in'과 '나'를 의미하는 대명사 'mi'를 조합해 동사로 만든 단어.

하지만 저는 다른 한편으로 단테가 'inleiarsi'(그녀의 안에 있다)*라는 표현을 쓰지 않았다는 사실이 의아하게 느껴졌습니다. 단테는 언제나 여성적인 것에 강렬한 매혹을 느꼈고, 여성에 대한 감수성이 풍부했습니다(에즈라 파운드는 악센트가 어미에서 두 번째 음절에 있다는 이유로 단테의 시를 여성적이라고 했는데, 이는 상당히 유의미하면서도 재미있는 평입니다). 단테는 자신이 시빌**처럼 과민하다고 표현할 정도로 대담했습니다. 문학 비평가 클라우디오 준타는 단테가 매우 미세한 자극에도 반응하는 민감한 육체를 타고났다고 했죠. 무엇보다 단테는 새로운 것 중에 가장 새로운 베아트리체를 상상해냈습니다.

---

* 이탈리아어로 '~의 안에'를 의미하는 전치사 'in'과 '그녀'를 의미하는 대명사 'lei'를 조합해 동사로 만든 단어. 실제로 사용되는 단어는 아니다.
** Sibyl: 오비디우스의 『변신 이야기』에 나오는 여성 예언자. 아폴로에게 영생을 요구하고 젊음은 요구하지 않아 늙어가다 결국 목소리만 남게 되었다.

이쯤에서 제가 앞서 한 말을 정정하려 합니다. 저는 이 글을 쓰게 된 동기가 단테를 향한 사랑이라고 말씀드렸습니다. 물론 그것은 사실입니다. 하지만 언제나 '진실한' 글을 쓰려는 (작가의 최우선 과제는 언제나 진실입니다. 단테와 같은 작가는 더욱 그렇죠) 제 노력을 담아 좀더 정확히 말씀드리자면, 저의 단테 사랑은 결국 그가 만들어낸 가장 대담한 창조물인 베아트리체를 향한 사랑이었습니다. 사춘기 시절 그토록 강렬하게 단테에게 매혹되었던 것은 바로 베아트리체 때문이었습니다.

저는 자신을 어두운 숲속에서 길을 잃고 타인의 고통 앞에 눈물 흘리고 정신을 잃는 두려움에 가득 찬 남자로 묘사한 단테에게 고마움을 느낍니다. 실존 인물이었던 피렌체의 한 여성이* 처음에는 단테에게 인사를 건네지 않음으로써 그를 구원의 길로 인도하고,** 천국에서는 망상에 빠진 그를 재교육해

* 『신생』에 나오는 내용.
** 『신곡』에 나오는 내용.

성장시켰다는 사실이 기쁩니다.

저는 지금도 단테가 정확히 무엇을 했는지 완전히 이해하지 못했습니다. 굴리엘모 고르니는 베아트리체를 두고 "서양 문학을 통틀어 이토록 명예로운 역할을 맡은 여인은 한 명도 없다"라고 했습니다. 맞는 말입니다. 그렇다면 왜 유독 단테만 자신이 사랑하는 여인에게 그토록 높은 지위를 부여한 걸까요? 베아트리체에게 그런 지위를 부여하기 위한 명분을 갖기 위해 어떤 전략을 사용했을까요?

오랫동안 저는 여인에게 그 정도로 중요한 역할을 부여한 단테야말로 시대를 앞서갔다고 생각했습니다. 하지만 꼭 그렇지만은 않았습니다. 단테는 당시 규범에 충실한 인물이었습니다. 예를 들면 단테는 최초로 글쓰기라는 고귀한 행위를 한 이가 여성일 수도 있다는 가능성을 배제했습니다. 달변의 재능을 아담의 전유물로 여겼으며, '신'(데우스)이라는 단어가 그의 숨결에서 새어 나왔다고 믿었습니다.

『속어론』*De vulgari eloquentia**을 읽으면서 저는 최초의 여성이 뱀의 언어를 배운 것은 자신만의 언어를 갖지 못해서였기 때문일 거라는 생각을 했습니다. 여성이 신이 창조한 세계를 이해하려면 그 방법밖에 없었을 거라고 상상했습니다.

단테는 바벨탑 건설 이전에도, 이후에도 여성이 사용하는 언어의 존엄성을 인정해주지 않았습니다. 『향연』*Convivio*에서 그는 여성의 언어를 아이의 언어와 비교합니다. 단테는 여성의 미덕은 아름다움과 침묵이라고 생각했습니다. 『시집』*Rime*과 『신생』*Vita Nova* 초반에 묘사된 젊은 베아트리체도 예외는 아니었습니다.

현실에서 단테는 베아트리체를 (「천국」에 등장하는 단테의 조상인) 카치아구이다가 비난하는 것처럼

---

* 1304년에서 1305년 사이 단테가 쓴 미완성의 저작. 원래는 네 권으로 계획되었으나 2권 14장까지만 완성되었다. 근대적인 문학 언어에 대한 일반 이론을 제시하면서, 그 언어는 속어로 되어야 한다는 주장을 담고 있다(박상진, 『이탈리아 문학사』, 부산외국어대학교출판부, 1997, 64쪽).

가슴이 훤히 드러난 옷을 입고 다니는 아름다운 피렌체 여자들과는 거리가 먼 단정한 옷차림의 조신한 여성으로 묘사합니다. 동시에 그녀는 남성의 욕망을 기준으로 하는 서열의 최상에 위치할 정도로 뛰어난 미모의 소유자이기도 했습니다. 단테의 꿈속에서 나신의 베아트리체는 침묵합니다. 더 정확히 말하면 속이 환히 비치는 붉은 베일만 두른 상태로 침묵합니다. 얇은 천 한 장으로 겨우 벗은 몸을 감춘 베아트리체의 모습을 순결의 상징으로 보기는 어려울 것입니다.

단테는 베아트리체의 눈이 젊음으로 반짝였다고 합니다. 운이 좋으면 미소를 띤 그녀의 입술 사이로 절제된 구원의 인사가 새어 나왔습니다. 하지만 그녀의 인사는 대화의 시작을 위한 것이 아니었습니다. 그녀가 인사를 건네는 순간, 단테는 가슴이 떨려 입을 열지 못했습니다.

다시 말하면 그때까지만 해도 젊은 시인이었던

단테는 프로방스파적인 여성관*과 이를 바탕으로 변형된 시칠리아 학파와 토스카나 시인들의 여성관,** 구이도 구이니첼리***가 재정립한 여성상과 구이도 카발칸티****의 불안한 여성상의 영향을 받았으며, 그 틀에 갇혀 있었습니다.

그러다 베아트리체가 요절하기 전부터 변화의 기운이 감지됩니다. 저는 『신생』 중에서 베아트리체가

---

* 프로방스를 중심으로 발전한 애정시는 이탈리아어와 문학의 형성에 결정적인 영향을 미쳤다. 프로방스 애정시에서 여자를 향하는 시인의 찬미는 곧 군주에 대한 신하로서의 찬미였다. 사랑에 빠진 남자는 여자의 발치에 무릎을 꿇고 앉는데, 이렇게 표현되는 여자의 아름다움과 덕성에 대한 존경과 찬사는 사실 군주에 대한 존경과 찬사였다(같은 책, 28쪽).

** 이탈리아 시인들은 여성을 감각적인 대상이나 차가운 군주의 대체물로 보는 데서 더 나아가, 도덕적 열정과 숭고함을 갖춘 대상으로 보고 그러한 여성의 존재를 하느님과 인간을 매개하는 천사적 모습으로 그려냈다(같은 책, 29쪽).

*** Guido Guinizelli(1225-76): 이탈리아 시인. 그는 여자에 대한 스스로의 사랑을 표현하는 외에도, 조화롭고 섬세하며 명증한 세계를 추구하는 모습을 보였다(같은 책, 47쪽).

**** Guido Cavalcanti(1255?-1300): 피렌체 출생 시인으로 단테와 친밀하게 지냈다. 청신체파 시인 중 지적 우수성과 이론적 탐구력을 갖춘 시인이었지만 급진적이고 비정통적인 성향이 있었다(같은 책, 48쪽).

단테에게 인사를 건네려다 그만두는 대목을 좋아합니다. 베아트리체가 그녀의 명랑한 친구들과 함께 단테를 조롱하자, 정신이 혼미해진 단테는 벽화가 그려진 벽에 몸을 기대죠. 여기서 베아트리체는 단테를 조형물처럼 취급하는 것 같습니다. 벽화 속의 수많은 인물 중 하나, 허구 중의 허구로 말입니다.

하지만 가장 인상에 남는 부분은 『신생』의 19장이었습니다. 여기서 단테는 맑은 물이 흐르는 강가를 거닐다 지금까지의 태도를 바꾸고 "시를 짓고 싶은 강한 열망"에 사로잡힙니다. 사랑의 노예로서 사랑을 묘사하는 문학적 관습에서 벗어나, 이를 사랑스러운 여인을 향한 보상받지 못할 찬미로 대체합니다.

교과서에서도 다루는 내용이라, 그 부분이 중요하다는 사실은 잘 기억하고 있었습니다. 『신생』의 19장은 단테의 오랜 탐구의 시작이자 그로 인한 자기 변화의 출발점이었습니다. 하지만 지금 제가 가장 인상 깊게 기억하는 내용은 "시를 짓고 싶은 강한 열망"과 그 뒤를 잇는 "내 혀는 스스로의 충동에 못 이겨 사랑의 지성을 가진 여인들이여*라고 말했다"라는 문장입니다.

지금 제게 『신생』의 19장이 어떤 의미가 있는지 묻는다면, "역사적 인물이자, 당신이라는 이인칭 호칭에 구속되었던 베아트리체라는 인물이, 단테의 시적 세계에서 고상한 소재로 변화하는 순간"이라는 교과서적인 답을 내놓고 싶지는 않습니다. 저는 그보다 단테가 시를 헌사하는 대상인 여인들을 부르는 표현에 주목하고 싶습니다. 여기서 단테는 '사랑의 지성을 가진 여인들', 즉 단순한 여자들이 아니라 사랑을 이해할 수 있는 여인들을 향해 말을 건네고 있습니다.

이 유명한 대목에서 단테는 여성의 서열을 재고하는 것처럼 보입니다. 그것은 그가 사랑의 노예여서도, 상냥한 마음의 소유자여서도 아닙니다. 단테

* '사랑을 알고 있는 여인들이여'라고 번역할 수 있다.

의 변화를 엿볼 수 있는 표현은 바로 복합적인 문학적 전통을 이어받은 단어인 '지성'과 그에 못지않게 복합적인 문학적 전통을 이어받은 '사랑'입니다. 여기서 단테는 예상치 못한 전개를 펼치는데 이러한 전개를 명확히 이해하려면 '단순한 여자들'을 '사랑과 지성을 가진' 상징적인 여인들과 대립하는 존재로 해석하는 것을 피해야 합니다.

큰 틀에서 이브의 딸들은 여전히 '세속적인 집단'이지만, 우아한 여인들은 그들과 다릅니다. 그녀들은 「연옥」 제10곡에 나오는 미갈*처럼 심술궂고 우울한 여자들이 아닙니다. 우아하고 상냥한 마음의 여인들은 잉여의 지성을 가진 여인들입니다. 이들은 아마도 단테가 『향연』에서 유기적인 결함이나 경솔함, 나태함 때문이 아니라 '가정적 혹은 사회적 책임' 때문에 지식을 습득하지 못한 부류의 인간으로 분류한 이들일 것입니다. 남성이지만 섬세하고 교

---

* 다윗왕의 아내로 오만한 행동을 함으로써 불임의 벌을 받았다.

양 있는 시인인 단테는 이런 여자들이라면 자신을 이해할 것을 알기에, 사랑이 불러준 섬세한 언어로 그들에게 말을 건넵니다.

물론 이들의 언어는 여성의 언어이기에, 쓸모가 없습니다. 이들은 찬미의 대상이 될 수는 있지만 스스로 말은 못 합니다. 그렇지만 적어도 단테가 가장 이상적인 여성이자 우아함 그 자체인 베아트리체를 통해 그녀들에게 바치는 다층적인 찬사를 이해할 수 있을 정도로 수준이 높은 여성들입니다. 『신생』을 집필하면서, 청년 작가 단테는 성적인 매력과 외모가 아닌, 여성의 지성과 이해력을 기반으로 새로운 서열을 확립했습니다.

성적인 매력을 지워내고도, 남성의 마음을 흔들어놓을 정도로 아름답고 우아한 여성들을 단테는 자신의 생각을 표현하고, 책을 낭독해주고, 복잡한 사상을 노래할 때도 이해해줄 수 있는 부류의 여성들로 분류했습니다.

당시 남성들의 기준에서 생각하면 단테는 이 정

도만으로도 충분히 여성이 가진 잠재력을 인정하는 괄목할 만한 업적을 남겼다고 평가할 수 있습니다. 하지만 단테는 여기서 멈추지 않았습니다. 적어도 고등학교, 대학 시절 저는 그렇게 생각했습니다.

가사 일에 지친 어머니들과 남편의 감시를 받는 아내들, 온갖 폭력에 노출된 가련한 처녀들, 방탕한 여자들과 프란체스카*처럼 기사 소설을 읽던 중에 끝내 유혹을 이기지 못한 우아한 여인들까지, 아마도 단테는 여성의 세계에서는 눈에 보이는 것이 전부가 아니라는 사실을 깨달았을 것입니다.

어쩌면 단테는『신생』의 마지막 부분에서 어떤 여자들은 성격이 더 복잡할 수 있다는 사실을 깨달았던 것 같습니다. 극단적이고 위험할 정도로 새로운 여자들의 존재 가능성을 깨달았던 것 같습니다. 그리고 그는 바로 그런 여인들에게 사랑의 지성을 부여했습니다. 그렇기에 단테는 기존의 문체를 강

---

* 단테의『신곡』에서 시동생과 사랑에 빠졌다는 이유로 지옥으로 떨어진 프란체스카 다 리미니.

화해 "여태껏 어느 여인에 관해서도 쓰여진 적이 없는 바를 쓰기" 전까지는 베아트리체에 관해 글을 쓰지 않겠다는 다짐과 함께 『신생』을 마무리합니다.

실제로 단테는 훗날 그 목표를 이룹니다. 남성으로서 방황기를 거치고, 몇 년 동안 학식을 쌓은 후에 말입니다. 그렇게 『신곡』에 다시 등장한 베아트리체는 단순히 사랑의 지성을 가진 여성이나 우아한 여성 정도가 아닙니다. 단테는 천재적인 영감을 받아 그녀를 완전히 변화시킵니다. 문학 비평가 비앙카 가라벨리의 말처럼, 단테는 베아트리체를 침묵의 영역에서 끌어냅니다. 다른 사람들은 어떻게 생각하는지 모르지만, 제게는 단테가 피렌체의 젊은 여성을 그녀에게 언어의 은사를 줌으로써 기념했다는 사실이 매우 중요하게 느껴졌습니다.

그렇게 『신곡』의 베아트리체는 말을 하게 되었습니다. 베아트리체는 여성 특유의 애처로운 말투를 쓰지 않았습니다. 그저 짧은 인사말 정도로 말을 마치지도 않았습니다. 그녀는 정말 남자처럼 말했습니다. 아니, 남자보다 더 뛰어난 언변을 선보였습니다.

「지옥」제2곡에서 베아트리체가 베르길리우스의 입을 빌려 한 대사, "사랑이 나를 말하게 하고 움직이게 합니다"는 마치 단테 자신이 선포하는 선언처럼 느껴집니다. 그러다 「연옥」제30곡에서는 입이 떡 벌어질 정도로 뛰어난 화술을 펼치는데, 이때 단테는 최선을 다해 베아트리체를 표현합니다.

"어느 여인에 관해서도 쓰여진 적이 없는 바를 쓰기" 위해 그는 완전무결한 아담의 최초의 언어를 버리고 남자와 여자가 둘 다 말을 하는 것이 자연의 섭리라는 주장에 동의하며(「천국」제24곡), 죽음으로써 '평범한 여인들'의 범주에서 완전히 벗어난 비체 포르티나리*에게 천국뿐 아니라 경이로운 언변과 지식을 선사했습니다.

* 베아트리체의 본명.

이제 제가 가장 좋아하는 부분에 이르렀습니다. 베아트리체는 림보와 에덴과 천국 사이에서 의도적으로 여성과 남성을 뒤섞은 독특한 권위를 상징하게 되었습니다. 그녀는 연인, 어머니 그리고 놀랍게도 장군의 말투로 이야기를 합니다. 그녀는 저승에서 남성 일인칭 화자이자 '환상'의 주인공인 단테에게 성 아우구스티누스와 보에티우스에 못지않은 지위를 부여할 정도로 높은 권위를 누리고 있습니다. 천국의 여인 베아트리체는 긴 여정 끝에 64번째 곡에서 일인칭 화자에게 실제 작가의 이름이기도 한 단테라는 이름을 합법적으로 붙여줍니다.

그뿐이 아닙니다. 높은 서열을 인정받은 베아트리체는 문자 그대로 더 좋은 세상으로 간 뒤 자신의 연인을 엄격하게 질책합니다. 그런 그녀는 더 이상 젊음으로 눈빛이 반짝이는 아름다운 처녀의 육신에 갇힌 여인이 아니라 완전히 성숙한 인격체입니다. 그녀의 질책에서는 모든 면에서 보복적인 뉘앙스가 느껴집니다. 그녀는 마치 "나를 봐요. 내게 어떤 능력이 있었는지 봐요. 당신은 나의 변화를 이해하지 못했죠. 당신은 아직도 내가 지나온 단계에 머물러 있어요"라고 말하는 듯합니다.

단테의 죄는, 지금 후회의 눈물을 쏟는 이유는 그가 자신이 만들어낸 베아트리체의 영원히 변하지 않는 상냥한 소녀 이미지에서 벗어나지 못하고 있었기 때문입니다. 그 이미지를 해체할 적당한 순간을 깨닫지 못했기 때문입니다. 선천적으로 자의식이 약하고, 사랑을 모르고, 기껏해야 입을 다물고 그저 자신을 향한 남성의 찬양을 이해하는 데 급급한 어린 소녀의 이미지에 사로잡혀 베아트리체의 진정한 모습을 너무 늦게 깨달았기 때문입니다. 단테는 『신곡』에서 지상의 삶에 얽매이지 않는 여인이 자의식과 지식과 언변을 바탕으로 어떻게 자신을 칭송하는지 보여줍니다.

그렇다면 단테는 베아트리체의 완성체를 만들기 위한 요소들을 어떻게 취합했을까요? 저는 1970년

대 이후 행해진 일련의 연구에서 중세 시대 여성들의 역할이 남자들의 구애를 받아들이는 것보다 훨씬 다양하고 복합적이었다는 사실이 널리 증명되었음을 알게 되었습니다. 당시에도 학식이 풍부한 여인들이 있었고, 위험을 무릅쓰고 성전을 읽고 이를 평하는 여인들이 있었습니다. 실제로 시인이자 철학자인 단테가 베아트리체에게 맡긴 수많은 복잡한 과제들을 인내심을 가지고 하나하나 적어 내려가다 보면 예나 지금이나 정말 놀랍습니다. 단테는 이미 『향연』에서 지식과 의미가 농축된 칸초네를 짓고 이를 학문적으로 해석하는 과정을 거쳐 남성뿐 아니라 태만하지 않고 책임감이 뛰어난 여성에게도 민주적으로 지식을 배분했습니다.

저는 루이사 무라로*가 『여성의 신』*The God of Women*에서 그랬듯 단테를 마이스터 에크하르트**와

---

* Luisa Muraro(1940-): 이탈리아 철학가, 페미니스트.
** Johannes Eckhart(1260-1327): 중세 독일 도미니크파의 신학자이자 신비주의 사상가. 그의 사상에는 토마스 아퀴나스의

비교하고 싶습니다. 그녀는 세기말에 유행했던 신비주의적 여성 연구의 흐름에 따라 단테를 신비주의 관점으로 분석했습니다. 에크하르트가 글에 베긴회 경험*을 반영했듯, 단테 역시 성전을 논하는 학구적인 여인들을 보면서 베아트리체를 시적 인물로 재창조한 것일 수도 있습니다.

베아트리체가 신학 자체를 상징한다는 뻔한 이야기를 하려는 것이 아닙니다. 베아트리체는 단순한 상징이 아닙니다. 단테는 문자 그대로 그녀를 신의 지성과 사변적 화술을 갖춘 인물로 상상합니다. 저는 단테가 베아트리체라는 인물을 만들 때 메히트힐트 폰 막데부르크Mechthild of Magdeburg,** 힐데가르트 폰 빙엔Hildegard of Bingen, 노르위치의 율리아나Juliana of Norwich, 마그리트 포레트Marguerite Porete, 그리고 안

영향이 두드러졌으며, 신비적 체험을 설교했다.
 * 마이스터 에크하르트가 대표한 신비주의 운동인 형제단 운동(베긴 형제회, 베가드 자매회 등).
** 중세 기독교 수녀로 독일어로 저서를 쓴 최초의 신비주의자.

젤라 다 폴리뇨Angela da Foligno와 같은 당대의 여성 신학자들을 모델로 삼았다고 생각합니다.

단테는 베아트리체에게 학자·신학자·신비주의자의 지식을 부여합니다. 여기서 중요한 것은 그것이 결국 작가인 단테의 지식이라는 사실입니다. 그는 베아트리체에게 자기 학문의 정수, 즉 자신의 갈비뼈 하나를 빼준 것입니다. 하지만 그 과정에서 (즉 단테가 자신의 표현처럼 "그녀 안에 들어가는"* 과정에서) 그는 신비주의적인 이성과 공상가적인 현실주의를 바탕으로 여성의 잠재력을 상상하려고 노력합니다.

우리는 그렇기에 단테에게 감사해야 합니다. 단테는 작품을 통해, 그 후 수 세기 동안 그 누구도 하지 못할 일을 해냈습니다. 그러니 (「연옥」 제30곡에서 베아트리체의 연설의 첫 번째 단어인) '단테'가 먼지로 만들어진 최초의 인간 아담이 언어의 재능을

* 159쪽에 언급한 'inleiarsi'.

선사받고 경건하게 처음으로 신에게 건넨 '디오'
Dio*와 비슷하게 들리는 것 정도는 눈 감아주어야
할 것입니다.

* 이탈리아어로 '신'.

'나의 눈부신 작가'의
은밀한 내면을 들여다보다

• 옮긴이의 말

이탈리아 문단에서 엘레나 페란테의 의미는 특별하다. 그녀는 이른바 '엘레나 페란테 현상'이라 불릴 정도의 엄청난 돌풍을 일으키며 이탈리아뿐 아니라 영미권을 중심으로 한 세계 독자의 마음을 사로잡았다. '나폴리 4부작' 시리즈의 미국 시장 배급이 대형 출판사가 아닌, Europa Editions라는 독립 출판사를 통해 이루어졌다는 점을 고려하면, 그녀의 성공은 마케팅에 거의 의존하지 않고 순수하게 독자들의 호응으로 이루어진 것을 알 수 있다.

이러한 성공은 비단 영미권에 국한된 것이 아니다. 2021년 기준 '나폴리 4부작'은 45개 언어로 번역되었으며, 세계 50개국에서 1,500만 부가 판매되었다. 그녀가 마지막으로 발표한 소설『어른들의 거짓된 삶』은 넷플릭스가 제작해 2023년 1월부터 방영할 예정이며,『나의 눈부신 친구』의 전신인『잃어버린 사랑』은 2022년 7월 메기 질렌할 감독, 올리비아 콜맨 주연의『로스트 도터』로 영화화되었고, 2022년 2월에는 이탈리아 국영방송 RAI가 '나폴리 4부작' 3부를 방송했다.

그런 엘레나 페란테가 지난 2021년 최초의 에세이를 출간했다. 이미『프란투말리아』*Frantumaglia: A Writer's Journey*, 2003,『우연한 발명』*Incidental Inventions*, 2019 등의 에세이가 발간됐지만, 전자는 편집자와 주고받은 편지와 이메일이고, 후자는 가디언지에 게재한 기고문 모음이었으므로, 이번 작품은 순수한 의미에서 엘레나 페란테의 첫 번째 에세이라 할 수 있다.

『엘레나 페란테 글쓰기의 고통과 즐거움』에서 우리는 작가, 더 정확히는 여성 작가로서 그녀의 내면을 들여다볼 수 있다.『엘레나 페란테 글쓰기의 고통과 즐거움』을 이해하려면 먼저 그녀가 이 에세이를 집필한 계기를 알아야 한다. 2020년 엘레나 페란 테는 '움베르토 에코 국제 인문학 연구 센터'로부터 3회에 걸쳐 볼로냐 대학에서 글쓰기 강의를 해달라 는 요청을 받는데, 이때 강의를 위해 준비한 글을 정 리해 출간한 것이 바로 이 에세이다. 세 차례의 강의 를 위해 집필한 「고통과 펜」 「아쿠아마린」 「역사와 나」는 작가로서 엘레나 페란테의 성장 과정과 그녀 의 글쓰기 철학을 오롯이 담고 있다.

강연 자료지만 『엘레나 페란테 글쓰기의 고통과 즐거움』은 여느 작문 강좌와는 비교할 수 없을 정도 의 깊이가 있다. 그녀의 소설에서 느껴지는 '진정성' 이 느껴진다. 여기에는 아마 이 글이 애초에 낭독용 으로 쓰였다는 사실도 영향을 미쳤을 것이다.

강좌별 주제를 살펴보면 「고통과 펜」은 작가로서 의 정체성에 관한 고민을 담고 있다. 그녀는 어린 시 절 글씨 쓰기를 처음 배우던 시절의 기억으로 글을 시작한다. 어린 시절 여러 개의 줄과 칸으로 나뉜 공책으로 글씨 연습을 하면서 글씨를 줄 안에 가지런히 맞춰서 쓰고 싶은 욕망과, 주어진 칸을 벗어나 여백을 침범하고 싶은 욕망 사이에서 갈등했다고 한다. 그녀는 어린 시절 겪었던 이러한 갈등이 사실 성인이 된 후 작가 페란테의 정체성을 구성하는 중요한 요소라고 고백한다.

하얀 공책에는 검은색 가로선뿐 아니라 빨간색 선이 세로로 공책 양옆 가장자리에 그어져 있었는데, 학생들은 그 두 선 안에 글씨를 써야 했습니다. 저는 그 빨간색 경계선을 지키는 것이 정말 힘들었습니다. 세로선은 글씨가 경계를 벗어나면 혼이 난다는 경고의 의미로 일부러 빨간색으로 그어져 있었습니다.

그런데도 저는 글을 쓰다 걸핏하면 그 사실을 잊곤 했습니다. 왼쪽 경계선은 곧잘 지켰지만, 오른쪽은 거의 항상 글씨가 선을 넘어갔습니다.

(…)

하도 지적을 받다 보니, 빨간색 선 밖의 여백을 침

범하면 안 된다는 생각이 머릿속에 박혀서, 그런 공책을 사용하지 않게 된 지 수년이 지난 후에도 빨간 세로줄의 존재가 위협적으로 느껴졌습니다.

(…)

사춘기 시절 시작된 글쓰기를 향한 열망 속에는 아마도 빨간색 세로줄에 대한 두려움이 있었던 것 같습니다. 빨간색 경계선을 지켜야 한다는 생각 덕분에, 저는 지금도 깔끔한 글씨체를 유지하고 있습니다. 심지어는 컴퓨터를 사용할 때도 문단이 끝날 때마다 양쪽 정렬 아이콘을 눌러 여백을 맞춥니다.

이 이야기를 확대하면, 제게 글쓰기는 여백을 침범하지 않고 칸에 맞추어 글씨를 썼다는 만족감과 끝내 경계선을 초월하지 못하고 그 안에 머무르고 말았다는 상실감과 허무함 모두를 의미합니다. (이 책, 17–20쪽)

엘레나 페란테는 작가로서 자신이 평생 (여백을 지키려는) 순응적인 자아와 (여백을 침범하려 하는) 충동적인 자아 사이에 갈등했다고 한다. 균형 잡히고 깔끔한 문장과 모든 문법과 장르의 법칙을 무시하고 폭발적인 힘을 내뿜는 문장 사이에서 방황했다고 한다. 하지만 이 두 자아는 분리될 수 없다. 충동적인 자아가 순종적인 자아 안에서 참을성 있게 기다리다, 어느 순간 모든 것을 압도하며 분출할 때 진정한 '현실'을 담은 글이 탄생하기 때문이다. 이 대목이 흥미로운 것은 결국, 이 두 자아가 『나의 눈부신 친구』에서 레누와 릴라의 관계로 형상화되기 때문이다. 모범적인 레누의 글과, 어떠한 형식에 얽매이지 않으면서 바로 핵심을 찌르는 릴라의 글(파란 요정과 레누에게 보낸 편지)은 엘레나 페란테의 두 자아를 반영한 것이다.

'순응적인 작법'과 '충동적인 작법'이라는 상반되면서 상호보완적인 요인 못지않게 작가로서 엘레나 페렌테의 정체성에 가장 큰 영향을 미친 것은, 그녀가 '여성' 작가라는 점이다. 그녀는 어린 시절 자신이 좋아하던 모든 작품이 남성 작가의 작품이어서 자기 안에 있던 '여성'의 목소리가 작품의 한계로 작용하는 것처럼 느껴졌다고 고백한다. 「고통과 펜」은 그녀가 어떻게 여성이라는 정체성을 당당하게 받아들이고 작가로서의 자아를 찾아가는지 보여준다.

2장 「아쿠아마린」은 엘레나 페란테의 모든 작품이 어떤 과정으로 탄생하게 되었는지 보여주는 작가 내면의 '비하인드 스토리'로, 어쩌면 그녀의 작품을 읽은 독자들이 가장 흥미롭게 읽을 수 있는 장일 것이다. '나쁜 사랑 3부작'에서 『나의 눈부신 친구』에 이르기까지, 페란테는 그 작품들을 당시 어떠한 한계를 이겨내고 집필했는지 들려준다. 왜 1인칭 화자 시점을 즐겨 사용하게 되었으며, 작품에 어디까지 '작가 자신의 이야기'가 담겨 있어야 하는지 등에 관한 본질적인 고민과 이러한 문제에 대한 그녀의 선택을 담고 있다.

「아쿠아마린」에서 가장 흥미로운 대목은 아마도 이탈리아 사회이론가 아드리아나 카바레로의 저서 『바라보는 타자와 서술하는 타자』가 『나의 눈부신 친구』에 미친 영향일 것이다. 여기서 페란테는 '나뺀 사랑 3부작'의 세 주인공 델리아, 올가, 레다의 한계를 명확하게 설명한다. 셋은 각자의 고통과 아픔을 자신의 육체에 봉인했다. 그럼으로써 이들은 다른 여인들과 자신들의 경험을 공유하고 젊은 세대에게 전수해주지 못하고 고립되고 말았다. 하지만 페란테는 카바레로의 작품에 나오는 아말리아와 그녀의 '꼭 필요한 타자'인 에밀리아의 관계를 릴라와 레누의 관계로 확장해 이들의 봉인을 해제한다.

「역사와 나」에서 페란테는 작가의 문화적 유산을 강조한다. 그녀는 '실제 삶'을 묘사하는 진정한 글을 쓰려면 과거로부터 상속받은 언어를 충분히 연구해야 한다고 한다.

글쓰기는 끝없이 펼쳐진 광활한 묘지로 들어가는 것과 같습니다. 모든 무덤이 훼손되기를 기다리고 있는 그런 곳으로 말입니다. 글을 쓴다는 것은 위대한 문학, 상업적인 문학, 필요하다면 소설-에세이, 희곡 등 과거 다른 이들이 쓴 모든 글을 취합해 어지럽고 혼란스런 자아의 틀 안에서 자신의 글로 만드는 것입니다.

글쓰기는 과거의 모든 글을 정복하고, 서서히 그 엄청난 자산을 쓰는 법을 배워나가는 과정입니다. (112쪽)

이러한 면에서 그녀는 여성 문학의 유산이 더 많이 축적되어야 한다고 하면서, 스스로 『나의 눈부신 친구』에서도 그러한 한계가 있었다고 고백한다.

릴라와 레누의 원죄는 혼자서 해낼 수 있다는 믿음이었습니다. 릴라는 어렸을 때, 레누는 성인이 되어서 혼자서도 해낼 수 있다고 믿었습니다. (135-136쪽)

여성 문학이 성공하고, 인정받으려면 여성 모두의 노력이 필요한 것이다.

마지막으로 「단테의 갈비뼈」는 2021년 단테 서거 500주년을 맞이해 주최한 '단테 학회'에서 소개된 글로 단테의 '여성 자아' 베아트리체에 관한 연구다. 여기에서 페란테는 이탈리아어의 아버지라 불리는 단테가 창조해낸 베아트리체라는 여성의 현대성에 탄복한다. 단테는 『신곡』에서 여인인 베아트리체에 게 자신을 천국으로 인도하는 고귀한 역할을 부여 한다. 어두운 숲을 헤매는 우매하고 연약한 남성과 는 달리, 단테의 베아트리체는 '지성을 가진 여인'이 다. 페란테는 이탈리아의 위대한 시성이 당시 여성 관을 전복하고, 성적인 매력과 외모가 아닌, 지성과 이해력을 기반으로 여성의 새로운 서열을 확립했다 는 사실에 주목한다.

『엘레나 페란테 글쓰기의 고통과 즐거움』의 원제 에 대한 설명으로 글을 마무리하고자 한다. 이 책의 원제는 '여백과 받아쓰기'다.

여백은 순응적인 글쓰기와 충동적인 글쓰기를 경 계 짓는 기준으로 두 작법 사이에서 균형을 잡는 능 력을 의미한다. 받아쓰기는 '영감이 들려주는 목소 리'를 놓치지 않고 빠르게 글로 형상화할 수 있는 능력을 가리킨다. 페란테는 이 두 능력이야말로 작가가 가져야 할 핵심 역량이라고 말하는 듯하다.

번역하면서 느꼈지만 『엘레나 페란테 글쓰기의 고통과 즐거움』는 결코 쉬운 에세이가 아니다. 문학적 레퍼런스가 많고, 서양 문학에 대한 어느 정도의 지식이 있어야 따라갈 수 있다. 하지만 글쓰기에 관한 작가의 깊은 사유와 성찰이 엘레나 페란테 특유의 담백한 문체로 표현되어 있어서, 그녀의 작품을 좋아하는 독자들과 글쓰기에 관심이 있는 독자들에게는 소중한 자료가 될 것이다.

글쓰기를 사랑하지만, 결과물에 만족하지 못하는 이, 진정한 글쓰기란 '오랜 문학의 전통 속에서 필요한 단어를 찾는 행위'라는 사실을 아는 이, 충동적인 자아와 순응적인 자아 사이에서 균형을 찾으려 한 적이 있는 이라면 결코 놓칠 수 없는 작품이다.

2022년 11월
김지우

엘레나 페란테 Elena Ferrante

이탈리아 나폴리에서 출생한 작가로, 나폴리를 떠나 고전 문학을 전공하고 오랜 세월을 외국에서 보냈다는 사실 외에 알려진 바가 없다. '엘레나 페란테'라는 이름조차도 필명이다. 작품만이 작가를 보여준다고 주장하는 페란테는 어떤 미디어에도 모습을 드러내지 않고 서면으로만 인터뷰를 허락한다. 이탈리아에서는 여전히 작가의 정체와 관련된 여러 가지 소문이 떠돌지만 아직도 베일에 싸여 있다.

1999년 첫 작품 『성가신 사랑』을 출간해 이탈리아 평단을 놀라게 한 페란테는 2002년 『버려진 사랑』을 출간한다. 에세이집 『프란투말리아』(2003)와 소설 『잃어버린 사랑』(2006), 『밤의 바다』(2007)를 출간한 뒤 2011년 '페란테 열병'(#FerranteFever)을 일으킨 '나폴리 4부작' 제1권 『나의 눈부신 친구』를 출간한다. 이어서 『새로운 이름의 이야기』 『떠나간 자와 머무른 자』 『잃어버린 아이 이야기』까지 총 네 권을 출간해 세계의 베스트셀러 작가가 된다. 2019년 이탈리아에서 출간한 『어른들의 거짓된 삶』은 2020년 9월 1일 전 세계 27개국에서 동시 출간되는 경이로운 이벤트를 한다.

『나의 눈부신 친구』는 HBO와 RAI가 드라마 시리즈로 제작했다. 『잃어버린 사랑』은 메기 질렌할 감독, 올리비아 콜맨 주연의 『로스트 도터』로 영화화되었고, 『어른들의 거짓된 삶』은 넷플릭스 오리지널 시리즈로 제작되었다. 『타임』지는 '세계에서 가장 영향력 있는 100인' 가운데 한 명으로 엘레나 페란테를 선정했다.

김지우 金志祐, 1978-

이탈리아에서 어린 시절을 보냈고 한국외국어대학교 이탈리아어과를 졸업했다. 동 대학교 국제지역대학원에서 유럽연합지역학으로 석사학위를 받은 후 현재 이탈리아대사관에서 근무하고 있다. 주요 번역 작품으로는 엘레나 페란테의 『어른들의 거짓된 삶』을 비롯해 '나폴리 4부작'『나의 눈부신 친구』『새로운 이름의 이야기』『떠나간 자와 머무른 자』『잃어버린 아이 이야기』와 '나쁜 사랑 3부작'『성가신 사랑』『버려진 사랑』『잃어버린 사랑』이 있다. 그외에도 도메니코 스타르노네의 『끈』, 로셀라 포스토리노의 『히틀러의 음식을 먹는 여자들』, 주세페 칼리체티의 『안녕, 돌멩이야』, 발렌티나 잔넬라의 『우리는 모두 그레타』, 파올로 발렌티노의 『고양이처럼 행-복』이 있다.

엘레나 페란테
글쓰기의
고통과 즐거움

지은이 엘레나 페란테
옮긴이 김지우
펴낸이 김언호

펴낸곳 (주)도서출판 한길사
등록 1976년 12월 24일 제74호
주소 10881 경기도 파주시 광인사길 37
홈페이지 www.hangilsa.co.kr
전자우편 hangilsa@hangilsa.co.kr
전화 031-955-2000 팩스 031-955-2005

부사장 박관순 총괄이사 김서영 관리이사 곽명호
영업이사 이경호 경영이사 김관영 편집주간 백은숙
편집 이한민 박희진 노유연 최현경 박홍민 김영길
관리 이주환 문주상 이희문 원선아 이진아 마케팅 정아린
디자인 창포 031-955-2097
CTP출력·인쇄 예림인쇄 제책 경일제책사

제1판 제1쇄 2022년 12월 7일
제1판 제2쇄 2023년 4월 5일

값 16,000원
ISBN 978-89-356-7801-3 03800

• 잘못 만들어진 책은 구입하신 서점에서 바꿔드립니다.

design CHANGPO